旅途花开

韩淑芳 ◎ 著

黄河出版传媒集团
宁夏人民出版社

图书在版编目(CIP)数据

旅途花开 / 韩淑芳著. —银川：宁夏人民出版社，2017.10

ISBN 978-7-227-06751-1

Ⅰ.①旅…　Ⅱ.①韩…　Ⅲ.①散文集—中国—当代　Ⅳ.①I267

中国版本图书馆 CIP 数据核字（2017）第 261349 号

旅途花开	韩淑芳　著

责任编辑　杨敏媛
责任校对　陈　晶
封面设计　黄　萍
责任印制　肖　艳

　出版发行

出 版 人	王杨宝
地　　址	宁夏银川市北京东路 139 号出版大厦（750001）
网　　址	http://www.nxpph.com　　http://www.yrpubm.com
网上书店	http://shop126547358.taobao.com　http://www.hh-book.com
电子信箱	nxrmcbs@126.com　　renminshe@yrpubm.com
邮购电话	0951-5019391　　5052104
经　　销	全国新华书店
印刷装订	宁夏凤鸣彩印广告有限公司
印刷委托书号	（宁）0006702

开本　787 mm × 1092 mm　　1/16
印张　11.5　　字数　200 千字
版次　2018 年 1 月第 1 版
印次　2018 年 1 月第 1 次印刷
书号　ISBN 978-7-227-06751-1
定价　48.00 元

版权所有　侵权必究

序

金正磐

《旅途花开》即将付梓出版，作者韩淑芳女士要我给书写个序，我欣然同意。

韩淑芳女士年近古稀，然其才思敏捷，处事得当，对社会的变迁、人生的无定，了然于胸，故不以一人一事的得失而挂怀或嗟叹。这些均可见其已问世的《春天里的四季》《叔叔爹》两书的主题构思和朴实无华的文字表述，因而获得读者广泛好评。

新作《旅途花开》是一部杂记。第一部分是作者集多年来偕同家人和儿孙辈遨游异国他乡的旅游记事，其中游澳大利亚和加拿大多伦多两篇属于候鸟型旅行，因当地有吃住交通导游等的方便，使之不仅游得时间长、景点多，而且对当地人文景观、历史宗教、民俗民风均有其不同的记叙和视角，有别于一般的旅游文章。另一部分是作者从自己的经历和对世事的观察，对诸多社会百态的剖析及见解，观点与文字均十分犀利精辟，不乏作者积几十年生活经验之谈和她的心语。

韩淑芳女士的《春天里的四季》和《叔叔爹》两书因其内容清新和平实无华的表述得到了众多读者的好评。在此我祝愿这部《旅途花开》也能获得更多读者的喜欢，期待作者再接再厉，为读者奉献出更好的作品来。

2017 年 10 月

目　录

恰似故乡月常明 / 001

童年的正月 / 005

立秋遥忆时 / 015

柿　子 / 021

再游清华园 / 024

夏天的元旦 / 027

　　(一)与悉尼歌剧院有缘分 / 027

　　(二)奇妙的凯恩斯 / 029

　　(三)海韵与友人 / 030

　　(四)夏天的元旦 / 033

枫叶斑斓 / 034

　　(一)异国巧话玉兰花 / 034

　　(二)朋友间的逗趣 / 035

　　(三)世界第一跨国银河落九天 / 038

　　(四)景中景 / 039

　　(五)近看湖水远看塔 / 040

　　(六)山坡上的房子 / 043

　　(七)我们是有梦的人 / 045

（八）一曲生命的赞歌 / 047

　　（九）浪漫之都 / 049

　　（十）各家自有景致出 / 051

　　（十一）一片盎然满园诗 / 053

　　（十二）梦幻般的绝伦 / 055

美丽的"海溜图" / 057

风雨后的那道彩虹 / 061

别让插曲缺音符 / 065

古今交融的时空跨越 / 071

同行共享 / 077

多彩之旅 / 085

银蕨树下 / 091

第二次澳洲行 / 096

　　（一）石洞里的星星 / 096

　　（二）大堡礁的珊瑚真的少了吗？ / 097

　　（三）夏日里度春节 / 098

　　（四）点滴之悟 / 100

一路春风景无限 / 103

细雨润花 / 108

她缺了点儿什么 / 111

梦的地方 / 114

借一缕春风送我一片心意 / 119

庙里的老奶奶 / 122

办成一件事不易 / 126

小花儿大惊喜 / 130

一棵不知名字的小树 / 133

有关方向的趣事 / 135

总有一片蓝天属于你 / 138

五月槐花丽 / 140

思 / 142

  (一)楼台晨思 / 142

  (二)角度的魅力 / 143

忆　雪 / 145

诸物皆有情 / 147

  (一)我家有张小木桌 / 147

  (二)我家的小猫咪 / 149

心中有盏灯 / 152

这儿建个公园真好 / 156

葡萄酒节有感 / 158

一个寻常的吆喝声 / 161

记心语 / 163

球　迷 / 165

"黑车"坐不得 / 168

给大家提个醒儿 / 171

瞬　间 / 174

恰似故乡月常明

20世纪90年代后半期。

又一个正月初四日,是我回家乡串亲戚的时候了。多少年来,我都遵循着家乡的习俗——过了正月初一,出嫁闺女便可回家给父母、长辈磕头了。

每到此时,我都格外想念家乡,想念自家的人,想左邻右舍的父老乡亲们。包括门前的老槐树,地里的老牛,甚至会忽然想到村里谁家的一面迎门墙,或厚厚的两扇木门,一个个特写,一幅幅场景,就像一部纪录片在我的脑海中闪现。

我是在他们和它们的目睹和陪伴下长大的,有时候哪怕只想起一人、一物或一个场景,就像扯住了一根穿有童话的线,随即牵出我童年时大串儿大串儿的故事,心里就融融的、暖暖的,像有一股涓涓细流在我的心田流淌,滋润而舒缓,让我对家乡充满期盼和向往。

向往着与家人和邻里们围坐在饭桌前,边吃边聊天的那份温馨和惬意——又到了这一天……

近午时,到了我家的门口。

过年时,正值村民们农闲,每逢此时,我回家乡,总有街坊邻居到我家来——平日里他们都喜欢互相串门儿,好找我弟弟聊天。

餐桌上摆的都是大碗大盘盛的各种炒菜，炒鸡蛋、煎豆腐、鸡鸭鱼肉样样有。

大家几盅酒下肚，他们中有的脸儿红了，眼角也有了些眵目糊了，说话舌头根儿有点皱，却声高话稠了：他们争相夸自己承包塑料大棚的管理技术高，说自己种植的蔬菜如何新鲜、水灵，黄瓜长势如何旺，说个个黄瓜顶花带刺儿，吃起来酥脆爽口……村支书也带头承包，亲自骑着自行车，后车架上挂着盛满黄瓜的两个大筐走街串巷地去叫卖呢。用支书自己的话说："支书咋了？也是个普普通通的凡人，你的大棚要是不好好去管理，黄瓜秧子照样废。"他是我家对门住着的李二叔，上任当了支书，还跟往常一个样，有空儿就来我家串门儿。他是个转业军人，在部队是位厨师，所以他来我家串门儿时还时常展示一番他的厨艺呢。北头的一个本家弟弟说他爹大年三十起高烧不退，可老人家坚持不去看病——村里有个错误观念：过年看病吃药，这一年都会生病的。所以，说破天他也不去医院，儿子儿媳这次没听他的，没商量，去医院把医生请到家里，经过检查，老人得了肺炎。医生说要是再耽误，问题会很严重。老人不愿意去医院，就在家输了三天液——烧退了。

"现在大叔怎么样啊？"我问。

"好多了，之前整整两天不吃不喝，昨天说饿了。这会儿家里大米白面、猪肉羊肉啥都有，问他想吃啥，立马儿去做，大叔想了半天说，就想吃块煮红薯。"这句话把我们大家都逗笑了。

我在大家的笑声中品出了欢乐和幸福，听出了熟悉和亲切，感受到了浓浓的乡音和乡情。

这时，我的侄儿又端上了一碗红烧肉，弟弟叫我母亲坐下来一块儿吃,可我那八十多岁的老母亲却一直顾不得在桌旁落座——不断地被街坊邻居领着亲戚来磕头的人喊去"请头"呢。虽然我们替她累,母亲却是很高兴。她拧着小脚,迎送着来给她磕头的晚辈。直到过午时分,我娘才在早为她放置好的头把椅子上坐下来。看得出娘虽然忙碌,可是很开心,很享受。娘不停地给我夹菜,给坐在桌上的邻居让酒,还高兴地扭着脸儿对我说:"你看,如今村里的日子好过了,来磕头的大人小孩儿都是从头到脚一崭新,像你小的时候。你爹从城里开会回来给你买了个黄色的'米腊儿'(塑料的)卡子,把邻居家的小闺女都给稀罕住了。"

我笑着直点头,这件事至今我还记得:那是个向日葵形状的发卡,那时我梳着差不多四边齐的短头发,右边儿用红头绳扎了个小辫儿,留着密密的刘海,那向日葵发卡就戴在小辫儿的圆圆的根部,不仅小朋友羡慕我,连邻居的大婶大妈也都夸我戴的"向日葵"好看,说显得我的脸儿更白皙了。当然,我很高兴,戴着它去上学,去割草,去摘洋槐花……

这时,桌旁坐着的一位我叫不出名字的年轻人说他得先走一步,昨晚发现街上有灯泡不亮了,得去修修,不然晚上的那段路就黑灯瞎火的了。

从小不知经历过多少黑灯瞎火的晚上的我,此时静静地想象着电灯照亮了的家乡村庄是何等的亮堂啊。记得我小时候,在没有月亮的晚上全村便沉寂在黑漆漆的夜中,大伙儿都喜欢有月亮的夜晚。大家都知道中秋节的晚上月亮最明亮,到了这一天,我便焦急地等待着我娘在院子里的小桌子上摆供上香结束的那一刻——我娘会把当时最好的"供品"大红枣和绿毛豆一把一把地装进我的口袋里。这时,圆圆的月亮已经挂在了树梢上,我便欢

天喜地地跑出去，跟着也在吃同样"供品"的小朋友一起玩起来，捉迷藏啊，丢手绢儿啊，大家兴致勃勃一直玩到各家大人都来叫了好几次才肯回家。即使在正月十五，哪怕还有积雪没有融化，只要有月亮出来，我们都不怕冷，脚渣渣地踏着雪，手里提着用小绵纸糊的灯笼，嘴里不住地喊着：灯笼会，灯笼会，打得小孩儿不瞌睡。小朋友们成群结队，在明亮的月光下共享快乐，直到鸡叫三遍，月亮下沉时，还不愿散去，生怕浪费了明月的光亮。

是啊，那时我家乡的生活条件自然无法跟今日比，可是我今天忆起那时的情景和故事，给我的童年带来过难忘的欢乐和情趣，依然有着梦境般的奇妙和美丽。因为无论如何，我的根、我的情就扎在家乡的那片土地上。

下午我和弟弟在家门口又遇见那位我叫不出名字的年轻人，弟弟对我说，他是崔姓三爷家的儿子，是村上的电工，别看他岁数不大，可他家辈分高，街坊上我们这辈儿的都叫他叔。

弟弟问他急急忙忙地去哪儿，他说前头二哥家的电灯开关不灵光了，叫他去修修。

我问他街灯修好了吗，他显得很高兴，说："修好了，到晚上就全部亮了，跟见天儿都有月亮时一样明。"说着大步流星地朝前街走去，走出几步还扭头对我弟弟说，"叫你姐在家多住几天吧。"

这时我的心里也有一轮皎洁的圆月，明亮、静谧又温馨……

童年的正月

我的家乡在河北省邯郸市大名县的一个村庄——前齐庄。

那里是一年四季都会发生有趣故事的地方。而我保留最久远、印象最深刻的当属我童年的正月,实难忘!

这个月,村子里人们的生活既忙碌又悠闲,既热闹又开心,既玩得酣畅淋漓,又过得丰富多彩,是一年中人们最看重最向往最享受的一个月。

大家为了迎接这个正月,提前几十天就开始张罗:杀猪,宰羊,赶年集,购年货,买鞭炮,选布做新衣。

随着正月的临近,准备工作更加细化,欢腾的气氛更是日渐热烈。到了腊月中旬,便开始有人放鞭炮了,彼此见了面也都高兴地说"有年味儿啊""年货备齐啦"等话儿。

到了腊月二十三,年味儿就更浓了。据说,这天是灶王爷升上天庭汇报各自家人一年来的好与坏的,尤其是否浪费粮食。从灶王爷神像两边的对联便知人们的愿望:"上天言好事""回宫降吉祥",横批是"一家之主"。

这天祭灶时,人们也会唱起民谣:"糖瓜儿祭灶,新年来到,小闺女儿要花,小小子儿要炮,老人们要柿饼子和核桃。"

不难想象村里的喜庆劲儿了。

也可以说从这天起,拉开了过年的序幕:"二十三糖瓜儿粘,

二十四写对子，二十五扫房土，二十六炖大肉，二十七杀只鸡，二十八把面发，二十九买坛酒，年三十儿捏扁食儿（包饺子）。"

这期间也还穿插着许许多多迎新年的事儿，如请神像、买香火、布蜡儿、挂家谱、贴年画儿、贴对联、贴门神等，各家的墙上衣柜上也贴上了红彤彤的"福"字，连自家街门口的树上都贴上了"出门见喜"的红条幅。谁家有个小推车儿也贴上"出入平安"的红纸条。包括发面蒸馒头也不像平常那么简单，而是用发面蒸成各种吉祥物，如蛇（象征长寿）、刺猬（相传刺猬由白仙演化，象征进财）、鸡（象征吉祥）和鱼（象征年年有余）等，到了年三十儿的晚上把这些都供到神像前。

年三十儿的晚上，无论你在哪儿，也都争取这时能赶回家，一家人一起吃年夜饭，一起迎接正月初一。

王安石的那首《元日》，最能表达正月初一前后的喜气景象了："爆竹声中一岁除，春风送暖入屠苏。千门万户曈曈日，总把新桃换旧符。"

正月就这样在热烈喜庆中，在人们的期盼中到来了。

正月初一的凌晨，那是揭开新年序幕的一个高潮，尽管有的人在除夕夜已通宵达旦地守岁，可一点儿也没有熬夜后的倦意，都早早儿地换上新衣裳新鞋袜，老年妇女戴上缀着玉石帽花儿的头箍，年轻媳妇，特别是才娶来不久的新媳妇儿，还会戴满头色彩斑斓的布花儿。家里的桌椅板凳都已擦得干干净净，各个神龛前都点亮外面涂着金字的大红蜡烛。几乎各家都是整夜香火袅袅，烛光通明。

一到正月初一的五更时分，大家都抢着上头碗饺子供，点头挂鞭，无论大人孩子都心劲十足，精神饱满。

正月里人们喜欢放一种叫"二踢脚"的炮仗，我是不敢点，看到别人点炮时也很紧张——听到第一声"咚"我就会下意识的双手捂住耳朵，仰头朝高空看，直到看见第二响"嘎儿"的一声，火花在空中亮了的时候，我才放心地放下手。

　　在我的印象中，从正月初一起好像大家都有好多的高兴事儿，街坊邻居见了面都是喜气洋洋的，互相祝福，相互说些"恭喜发财""健康长寿"之类的吉祥话儿。

　　我们北方正月里确实挺冷的，可人们仿佛都忘记了寒冷，各自忙碌着：烧香、上供、煮饺子，在此起彼伏的鞭炮声中，在袅袅的炊烟中，每个人身体里都流淌着热乎乎的只有正月初一才会有的那股暖流，都高高兴兴地急忙忙地去给长辈拜年磕头贺新春。

　　首先，在自家给自己的祖辈父辈磕头，然后走出家给本家和街坊的长辈磕头。

　　正月初一这一天，村子里成群结队的磕头"大军"你来我往，欢声笑语充满着拜年磕头时特有的喜悦和热闹。

　　那些辈分高、年岁大的长者，也早早地"起五更"，穿上新衣坐在自家等候着'请头'，接受着晚辈们给予他们的尊敬和爱戴，享受后生们给他们送来的新年祝福。

　　有的人辈分很小，他们几乎挨家挨户去磕头。若说多走些路，多去几户人家，倒也没什么，关键是村里磕头都不是虚让，都是实实在在的"咕咚，咕咚"！双膝跪地，有的人需大半天才能"磕"完。尽管都穿着棉裤，也有人会把双膝磕得红红肿肿的。可这丝毫不影响大家的热情和兴致，依然兴致勃勃地结伴而行，谈论着下一个该去的人家。

　　一进正月，几乎就不干活儿了，有民俗民谣：初一不拿针儿，

初二坐着不做事儿,初三歇一天,初四去看戏……直到初十,还有初十十不动——还是不干活儿。

是啊,一年到头农民们都辛辛苦苦忙农活儿,干家务。那时的生活水平又很差,平日里想改善生活或穿个好衣裳,那是奢望。正月到了,大家穿新衣,吃几回白面馍,还能喝酒吃炒菜,吃饱喝足了,还能摸纸牌,推牌九儿,要么就揣着手儿在太阳地儿聊天儿,谁不想过正月呀!

那时的我刚刚过了正月十六儿,就数着指头对我娘说:"娘,再过十一个月零几天,就又该过年啦!"

正月初十之前,也都是串亲戚的日子。初二、初四多是出嫁的闺女回娘家,其余的,外甥去姥姥家、舅舅家,还有七大姑八大姨家,去时提兜馒头,回来时提兜包子,反正你来我往的都不空手儿。

正月又是大家你来我往、见面交谈的好机会,不仅相互走动、相互问候,还能拉拉家常,说说交心话儿,弥补了平日交谈少的不足,更增进了亲戚朋友间的亲情和友谊。

就是邻里间平时交往中难免有些处事不周的过节儿,或因两家孩子斗气引起大人间的摩擦与隔阂,日后再见面难免觉得难为情,谁也不好意思先开口,过年时一走动,也就顺理成章地化解了。

邻居家的亲戚来了,也由邻居领着亲戚到长辈家磕头。我母亲就没少请这样的"头"。

有时大大小小领着八九十来个人,邻居在院里喊:"大娘(或大婶子),王庄的亲戚来给您磕头了!"一会儿又来一拨儿,邻居在院里喊:"大奶奶,这是李庄的亲戚来给您磕头了。"

我娘每次都是拧着小脚儿,满面笑容地走到当屋门前说:"快进屋来暖和暖和吧。"

"不啦,"接着就说,'那就把头给您磕到院儿里了!""咕咚咕咚"院儿里跪倒一大片。

我娘忙说:"晌午过这院吃饭哪。"

他们已磕头起身,由邻居领着一边儿扭身出门,一边说:"再走走!再走走!"

差不多每一拨儿都是这样高高兴兴地来,又高高兴兴地"再走走!再走走!"又去别人家。

有一次待他们走后我问:"娘,这都是啥亲戚呀?"娘的一句话,叫我笑了半天。娘说:"谁知道呢,反正认得领他们来的街坊就中了。"这就是左邻右舍的一个"礼往"。

大年过去,磕头这一大项结束了。

正月十五小年儿又到了。从正月十三的晚上,各家开始"布蜡儿"(点蜡烛),小孩子こ有打灯笼的了。

那时的灯笼是用薄薄的棉纸糊成的,灯笼架儿是用细竹条儿扎成的,形状或方或圆或六棱儿,上面都会有各种图案,如戏剧人物、各种花卉等,还有与当年相应的十二生肖中的某一个动物图。

这些图是刻在木质板上,再涂上各种染料印到棉纸上又糊到灯笼架儿上的,图形的边缘儿有的很清晰,也有染料涂多了,印出的图案边缘向周围洇一些,使得图案有点儿模糊,可是在灯笼里点燃的蜡烛照亮下,显得朦朦胧胧的倒也别有一番韵味,毫不影响图案栩栩如生的效果。

小孩子们打着各式各样的灯笼,兴高采烈地在街上走来走去,还一边唱道:"灯笼会,灯笼会,打的小孩儿不瞌睡!"

那时，我们村里可没有电，平日没有月亮的夜晚，整个村庄都是黑漆漆的一片沉寂。"小年儿"时可是一片亮堂，即使是阴天月亮不露出来，满街的灯笼也把村庄照得通亮。小孩子的欢歌，大人们的笑语，还有相互的问候声，使得平日里显得寂静的村庄变成了欢乐的海洋。要是元宵节遇上飞雪，人们的话语中又多出一种声音："好兆头儿！八月十五云遮月，正月十六雪打灯，这年必定好年景，庄稼定有好收成。"

他们其实都提前用黍米面做好"灯盏儿"了——蒸熟的黍米面再掺上白面揣匀，把它搓成擀面杖粗细的圆柱儿，切成五六公分长的面段儿，放到热乎乎的炕头儿上，待它发酵好了，就能蒸、烤、煎着吃了。

当然，你也可以把面块的一端捏一个小凹儿，凹里面插上棉纸搓成的灯捻儿，再浇上麻油，用火柴点着捻儿就成了小巧的"灯"，我们叫它"灯盏儿"。正月十五的晚上把点亮的小灯盏儿放到自家门两边的门墩上，也有的把黍面捏成小鸭儿状，在小鸭儿的背上也捏个小凹儿，同样插上纸捻儿，放上麻油点亮，就成了小鸭儿灯，再把小鸭儿灯放到一个碗里，连同碗一起放到自家的水缸里，小鸭儿灯便在水缸里飘来荡去，那金色的灯苗儿轻柔曼妙地舞动着，既生机勃勃充满喜兴，又安详静谧充满希望。

一直到正月十六五更"烤火儿"时，便可以把各式各样的灯盏儿烧了吃。经过火一烧烤，它们都变得软软的，糯糯的，吃起来又黏又甜，我们小孩子都抢着吃，不惜吃得满嘴柴灰，还相互指着你笑我，我笑你地乐！

人们边吃边烤火儿，还不住地念着："正月十六百草儿灵，烤一烤哪儿，哪儿不疼。"

论说，都应在太阳升起前烤火儿，可总会有人来得晚些，那是他们十五晚上参与了一个特别的活动玩灶王奶奶——大奶奶、二奶奶，即灶王爷的两个老婆。

是用各种颜色的纸扎糊成两个约二十公分高的女人模样，头上还有发髻，这俩奶奶分别被绑到两根长长的芦苇秆子中间，让她俩面对面，芦苇的两端分别由一个资深而虔诚的妇女各自用一根新筷子横撑着平行于芦苇的端部，由推选出的一位长者先嘱在场人保持安静，便念念有词道："正月十六百草儿灵，筷子头儿上有神灵，今儿问大奶奶、二奶奶，今年庄稼啥收成？"一般首先问："收麦子吗？要是收麦子，你们姐妹俩就'鼓大囤'。"所谓鼓大囤，就是绑着大奶奶、二奶奶的芦苇向外膨胀，俩奶奶距离就远了。要是收成不好，俩奶奶就向里收，她俩距离也就越来越靠近了。

童年时的我曾经挤到现场的最跟前，也确实看到过"鼓大囤"或"向里收"。

我和在场的人都相信是真的显灵了，没有一个人怀疑那是撑着芦苇秆的手有意无意在动。

借着百草灵之际，有很多人为自己、为家人祈福，或有人为求得生儿生女，请个"半仙儿"用小刀刻个桃木小人儿放到求子者的炕上，说来年就能生子添丁。

正月里还有一个令我当时觉得十分不可思议的活动。在一个两尺见方半尺多厚的石头上放一个大罐子，罐子口两边儿有穿着粗绳子的"鼻儿"，绳子的扣儿里放一根大木棍，两个身强力壮的年轻人准备抬，他俩摆好架势，对前来观看的人喊道："大家都看好，这罐子能把这大石头沾起抬走，你们信不？"说着对着罐子

011

大声喊,"叫你起你就起,石头粘着罐子底!"俩年轻人用力向上一抬,喊声,"走嘞!"令人称奇的事发生了:罐子底下真的沾起那块方石头,他们俩抬着就一溜儿小跑走了——我看傻了。

不满十岁的我和所有在场的小孩子都惊奇地目瞪口呆。

据说那是前一天晚上把掺上水的柴灰铺在石头上,又把罐子放到上面,在当院放了一夜,使二者冻在一起了。

如此经济简单的民间娱乐活动,不知道给孩子们带来多少惊喜和快乐。

正月里各种玩的项目不尽相同,像我们邻村有玩"社火"的,有踩高跷的,我们村儿就没有。

正月农闲不干活儿,有时娘领着我到别的村去看活动。

看玩"社火"时,人们常常笑得前仰后合:四五十岁的男人胡子都花白了,却在又黑又老的脸腮上涂着红胭脂,头上戴顶农家老太太的黑棉帽,鬓角插一朵红花儿,双耳各挂一只大红尖辣椒当耳坠,两手各拿一个棒槌,上身穿女士偏襟破棉袄,下穿一条大腰中式棉裤,绑着腿,显出特大的两只脚。他们在村子里边走边舞动着手中的棒槌,还不停地东张西望乱扭头儿,大红辣椒坠子在耳垂下滴溜溜地乱晃荡。

他们动作夸张、表情滑稽,还一个劲儿地向街边的观众做鬼脸儿,令观众笑得都直不起腰了。

正月,村民们不仅演出和传承着民族传统和保留项目,还有村庄搭台子,请戏班子唱大戏呢。

可是,在我的记忆中,我们村儿没有戏班子来过。娘领着我曾去邻村如赵庄、海子、杨桥等村看过戏。

来看戏的人需早些到才可能有坐物儿——举办方在台子下就

地摆放几根树干，树干没那么多，来晚了就享受不到这待遇了。近处的人可自行带马扎或板凳，我跟娘还有我们村去的其他人大多什么坐物也不带，又去不了那么早，也只有站着看戏了。

至于当时唱的什么戏，差不多都忘了，只有一场《铡判官》至今我还记得：四个人把被铡的"判官"高高抬起，随着越敲越紧的锣鼓声快速走进后台，很快又抬着"判官"跑到前台，趁此，前台已摆好一口铡刀。只见黑脸包公气愤地唱了几句，大概是一声令下，"判官"被放进铡口里，随着铡刀落下，只听"咔嚓"一声就见"鲜血四溅"，人头落地。当时的我惊恐万状"哇"的一声哭了，拉着我娘非要离开……

尽管事后我知道了真相——去后台转一圈儿又抬到前台时，已经把真演员在后台换成了事先备好的草人，草人的脖子下还绑了个装有红颜色水的猪尿泡，铡刀一落，猪尿泡被弄破了，可不就"鲜血"四溅嘛！他们是为了增强舞台效果才这么精心安排的。可对于才几岁的小孩子而言，绝对能起到以假乱真的效果，逼真得太惊心了！

我娘对我说，唱戏好多都是假的，还给我说了一个有关唱戏的谜语："日行千里不出房，恩爱夫妻不久长。"

我长大之后，读了鲁迅先生的《社戏》后，倒觉得宁愿看"咿咿呀呀"听不懂的唱词，也不想看如此令人惊悚的一幕——实在是把我吓得不轻。

这些见闻和经历都发生在我童年的正月里，有惊、有喜、有疑惑、有认知，今天想来又可乐又有趣。这令我又回到了天真、单纯的童年，使我遐想，叫我回味，令我怀念，让我童心不泯。

我把有些趣事也写进了我的小说《叔叔爹》一书，是通过男

女主人公以回忆对话的方式呈现的。这能道出我对家乡的眷恋，对家乡父老的怀念和热爱。

随着社会的进步和发展，那些不科学和带有迷信色彩的项目已被历史所淘汰，比如"玩灶王奶奶""刻桃木人儿"等等，已被有了基本知识的人们所不纳，但那些古老质朴的民间文艺还在继续保留和传承着。她积淀了久远的历史和传统文化，即使如今家家有电视，也无法取代那些古老的具有民族特色的民间文艺和文化活动，如踩高跷、舞狮子等。这些都是农家人喜闻乐见又极富内涵的娱乐方式，也是劳动人民追求欢乐、同庆丰收、歌颂生活的别样表达。它曾带给我那么多精彩、见识、启迪和难忘。

仿佛今天我才更加清楚地感到：家乡的正月给我的童年涂上了浓墨重彩的一笔。我感谢家乡的正月，感谢丰富和美化了家乡正月的父老乡亲。

立秋遥忆时

今年,又是8月8日立秋。

我独自坐在窗前,静静的原本没有想什么。事情往往就是这样,有些事并未刻意想,却偏偏会去想。

觉得还挺近的事,其实已经很久远……

1982年的8月8日,那一天也是立秋,我正是这一天离开了家乡河北省大名县的县城来到邯郸市。

平日里也会谈起,我们哪年哪月从哪儿调到哪儿,我的三个儿女分别是哪年在哪儿入的小学、上的中学、读的大学等等,这些都记得。但是还真没有静下来仔细去想、去算离开家乡已多少年了。

今天一算,我自己都有些惊讶,我离开家乡已整整33年了!

那一年我37岁,还梳着两条过肩的辫子。

离开家乡的那天,我们凌晨三点钟就起床了,天气很好,我看见了满天的星星。

我要归置带走的东西,其实无非是些被褥、被罩、床单、枕头和我们一家五口的单衣、棉衣等杂七杂八的用品,还有很占地方的"硬件"——锅碗瓢盆、小木桌、低板凳等等,都是些不起眼儿的东西,可在当时确实哪一样也不能丢——到了新家必须得用。

我们所住国强原来的工作单位县酒厂(他调到县政府后,我

们仍住在酒厂）给派了一辆卡车装载家庭用品，还有我当时所在的单位县医院，给我派了辆救护车送我们全家人。

在我们出发前，县医院我的同事丁美星、陈淑玉还大老远地从各自的家赶来送我，给我拿来俩西瓜，叫我走在路上吃，说今儿立秋，秋后还有一伏呢，还挺热的，别缺水。今天，我要再一次谢谢她们。

当时说离开县城时，我仿佛没感到太多的留恋和不舍，可是随着车轮的驱动，随着县城在我的视线中渐行渐远时，我突然感到一种莫名的孤寂和失落。人非草木，孰能无情，在家乡的县城工作、生活了21年，说离开就离开了，在行驶的途中，心中涌动起太多太多的情愫，可谓五味杂陈……

曾经的喜怒哀乐，曾经的酸甜苦辣，曾经的刻骨铭心，曾经的春秋冬夏，曾经的梦想与追逐，曾经的期盼与向往，曾经的困惑与迷茫，都随着车轮的滚动而在我心中颠簸、激荡。

在家乡县城的21年，我不敢说我成熟了多少，只能是我长大了很多，变化是巨大的：我由一个十六七岁的少女变成了少妇，成了三个孩子的妈妈。这期间，我经历了很多，学到了很多，失去了很多，也收获了很多。

其实，一个人的一生最美好的应该是童年，那时无忧无虑，无烦恼、无忧伤，可是恰恰是最好的童年，自己却并不知道它的美好——确实是不懂得，像我这样成熟较晚的人，连最美丽的青春年华，好像也不懂得，或者说我还没有来得及懂得青春是如何美丽时，青春就已经离我而去了。

今天想来仿佛才明白，青春是多么的美丽和幸福。不仅仅只是有靓丽的容颜，那时还有父母的关爱和呵护：出门时有爹娘牵挂,回家时有爹娘等候,那时从没想过自己会变老,也没想过有一天回家时,再也看不到爹娘在等候了。

当这些都相继到来和远去时,好像才知道青春已走远了。

这一切仿佛都是近些年,才真正有所领悟。

有时,我回头看那时的我,真的,挺傻的。周围的人对我是什么看法,我对周围的人又是如何看待的,好像都不知道。

尤其我才从农村到县医院工作时,一切对我都是陌生的,所以自己还是挺谨慎的,有时自己会不知所措。就这样竟然还会听到有人说我"不合群儿",觉得我不愿意与人交往,其实如今看来我只是不像有的人那么外向,无论人多人少的场合,他们都能热热闹闹地说天道地,从容自如地谈笑风生(其实他们那样挺好),而我做不来,应该说我不会,还不会刻意去做什么,所以在县医院时,我的朋友也不多。

进县医院工作好长一段时间后,才渐渐地跟同事丁美星、王宪凤走得近了些。

随着工作、生活交往多了,我们成了朋友。

美星比我大两岁,宪凤比我大一岁,她俩亲切地叫我"芳妹",我也亲切地叫她们"星姐""凤姐"(不是王熙凤是王宪凤啊——笑)。

下班后,我们仨一起上街,一起看县豫剧团唱戏。

在 20 世纪 60 年代初,人们的生活水平着实不高,衣着穿戴也很朴素,我们仨时常穿同样的衣服,同样的白力士鞋。记得有一年我们仨还每人做了一件黑色平绒大夹袄,样式又一样,我们同时穿上一起上街,断不了有人看着我们小声说:"县医院那仨女的过来了。"大概当时我们就算时髦儿的了。不敢说是县城里引

领时尚的,起码我们走在街上还是引人注目的。

美星、宪凤的家一个住城里南大街,一个住城里道前街,但我们仨在一起时,我没有感到城乡的差别——她们不外待我,包括她俩的母亲也对我挺亲。

尤其美星的母亲,我印象很深,那位阿姨是退休教师,当时她已年近花甲,可依旧眉清目秀,显得很年轻。她那浓密的花白头发是自来卷儿,就像今天的人烫的"大波浪"一样。她梳着整齐的香蕉纂儿,白净的椭圆形脸上有一双特别明亮的大眼睛,加上她个头又高,形象端庄,举止优雅,我非常敬重她。

我去美星家的时候很多,每一次去,阿姨都是笑盈盈地说:"哟,俺芳芳来了,"还仔细地端详着我说,"看俺芳芳多漂亮!"

我也特别喜欢跟美星上她家的小楼上说话,下跳棋。这一切都是我的美好回忆……可如今我们已多年未曾见面,也很久没有联系了,在这里我由衷地为她们祝福,祝她们健康,快乐!

可是我也跟有的人处得不太好,当时我就纳闷儿,我对谁也从没有过恶意,为什么会有人总不像我对他们那样友好呢?甚至在我最难过、最无助时,还有意无意给我添堵呢?

记得我第一次给患者做青光眼手术,手术倒很顺利,可术后那位农村患者——五十多岁的老太太,当晚说术眼有些疼,其实,麻药劲儿消退后,原本会有些疼痛,可我毕竟心中没底,就怕有啥闪失,一听病人说眼疼,更是心中忐忑。我把这不安说给一位同事:"手术挺顺利,可病人说……"这位同事也没问我手术过程中的具体情况和自我评估,就打断我的话说:"觉得手术顺利,不一定成功!弄不好全眼球发炎,说不定要眼球摘除呢!"也不知道她当时是否知道她的这番话,使我的心一下子提到了嗓子眼儿。

因为我在眼科医院进修时，老师说过，对于眼科而言，毁掉一只眼，就相当于其他科死了个人。

那几天，我一直很担心，简直吃不下睡不着。每天下班后都去病房看病人，我顾不得想那位同事说话的用意何在，只是无比紧张。我想如果真的是因为我的操作不当，手术失败，把患者的眼球摘除了，且不说我须承担什么责任，就是给病人的身体、精神所造成的伤害和痛苦，我都无法面对。

煎熬中度过了几天，一直等到第二次换药，我才舒了口气——患者的刀口、眼压、前房、瞳孔和视力等指标都恢复得不错。

坦率地讲，之后的有段时间里，我一度对那位同事有些不满：她想幸灾乐祸地看我的笑话吗？好在我没跟任何人谈论过此事，包括那位同事，我和她还是正常相处。只是我在后来的工作中更加谨慎和细心了，无论做内眼还是外眼手术，我都要求自己万无一失。

渐渐的我有了新的认识，倒是应该感谢这位同事。也许她确实没有恶意，只不过给我提个醒儿，强化一下手术过程的重要性，使我的工作做得更仔细，更严谨——至少已经起到了这个作用。

我离开县城的前几天，在大街上遇见了那位同事，她对我说："能在一起工作是我们的缘分，在此期间，我要有说话、做事不当的地方，可得多多担待。"

我也对她说："是啊，我也难免有什么不当之处，咱们互相担待。"

由此，我也明白了一些道理：生活中如果听到令你不开心的话时，也无需急于表示不满和忌恨，往往正是这些话能给自己一些激励和动力。

  这也是很长时间后才明白的，当时我真的不懂这些，只不过侥幸的是，我没有冒冒失失地做出激化矛盾的事。我为自己感到庆幸，也为那时无意识的处理方式，使今天得到一份欣慰。

  一阵清风吹来，带着夏的湿润，秋的飒爽，温暖而清凉地掠过我的脸颊……

  啊——夏末秋初日，恰值立秋遥忆时。

柿　子

今天我说柿子，既不说柿子有多甜、多好吃，也不说柿子的营养成分有多丰富，保健功效有多大，包括柿子叶、柿子蒂和柿子霜的药用价值有多高，以及柿子树早已被收入《名医别录》的情况，我都不多说，而是要说说柿子带给我的感触和认知。

我从小到大，一直都认为柿子只能长在山区，而不能长在平原。在我家乡河北大名，我还没看见过柿子树。

知道有关柿子的事，倒也很久了：我有个从没见过面的姑姑，很早就远嫁到山区，在我小时候，那里的姑父和他儿子来我家串亲戚，带来一些山货，其中就有柿子饼儿，挺甜。那时我知道了柿子，经过晾晒，可成柿子饼。

娘也给我买过柿子，还教我有关柿子的谜语呢，如"身体圆圆没有毛，不是橘子不是桃；云里雾里过几日，脱下绿衣换红袍"，"山上大树能抗寒，枝头果果红艳艳；好似灯笼一串串，腊月吃它味更甜"。

记得上小学时还学过有关柿子的诗呢，如"此行却在樊川尾，稻熟鱼肥柿子黄"，"村暗桑枝合，林红柿子繁"。

可是柿子到底长在什么样的树上，我就不知道了，只听说柿子树长在山区。

今年清明，我回家乡大名，已是四五年没回家乡了。

一进家看见迎门墙后长了一棵不大的树。时值四月初，树还没长叶儿，但我能断定它不是桃树，不是枣树，也不是杏树，那是棵什么树呢？我问了弟弟。

弟弟对我说这是棵柿子树，是一棵嫁接了三个柿子品种的柿子树。我惊奇地问："它能长出柿子？"

"能啊！去年秋天已经结柿子了，就是果儿不多，一种方柿子结了俩，一种圆柿子结了仨，另一种脆柿子也结了仨。"

我很是惊喜，好奇地走近柿子树，见它根扎得牢固，树干比擀面杖略粗些，高度倒有三米多呢。那青灵灵的树皮儿，直棱棱的树枝儿，有股子生机勃勃、蓄势待发的劲头儿。

从那时起，我一直盼着秋天到来，很想看看在平原生长又三种柿子同长一棵树上，将是何等奇妙的景观。就算每一种只长几个果儿，也足够稀罕。

终于到了十月。

恰巧我要到邯郸办些事情。心想：如果有时间，我一定回家看看那棵柿子树，看它今年又长了几个果儿。

虽然我跟谁也没说这事儿，可心里很期待。

近午，在邯郸火车站，我见到了从老家大名赶来的弟弟和侄儿，并由侄儿开车送我，去了市里几个地方，帮着我办理了要办的事情。

可是有点儿遗憾的是，由于时间太紧，我实在来不及赶到百里之外去看柿子了——我须当日赶回北京。

我坐上回京的火车后，还是忍不住给正在回大名途中的弟弟打了电话，问他家中那棵柿子树今年又结了几个柿子啊。

就听弟弟电话里说："那我可查不清。"

更令我没想到的是,弟弟把他手机里给柿子树拍的照片儿给我发过来三张,对我说:"姐,这就是咱家院里那棵柿子树。"

我一看,惊呆了!

这一树的柿子啊!堆着的,挤着的,并着瓣儿的,排成串儿的,那棵柿树小山似的黄澄澄的全是柿子,把柿子叶都遮住了,整个柿子树被装扮得富丽堂皇,雍容华贵,无论哪一种柿子,个个光鲜明亮,色彩绚丽,虽然都趋于橙黄,由于品种不同,颜色的深浅还是有些差异,又个头儿不等,形状不一,可是每一个柿子又都顶着个小盖儿,就像成群结队又戴着特别小帽儿的宝宝,有方脸儿,有圆脸儿,有鹅蛋脸儿,却都低着头面向大地母亲,是展示,是感恩……

我感动不已,也给我带来感触和认知,改变了心里柿子树只能长在山区的不准确认识。

平原家乡的院子里也能长出个"柿子山"来,岂不美哉!妙哉!

再游清华园

明天,我女儿丹丹要去台湾省的清华大学参加学术交流会。

我们决定,今天去北京的清华大学,看看工作在那里的女儿。夏末秋初,晴空万里,阳光明媚,亦是游清华园的好时候。

我们去没有提前说,是想给女儿一个意外的惊喜。等出了地铁站,朝着清华大学走的时候,我给女儿打了电话,女儿果然喜出望外:"啊!爸妈,你们来了。正好我把事情也忙妥了。赵锴(女婿)也从公司来这儿了。"

他们俩迎着了我们,一起在校门外吃了午饭,这才又一起来到清华园。那浓浓的文化气息,透着清新和静谧迎面扑来,又逢秋高气爽时,院内多彩的树叶儿,仍在盛开的花朵儿,在微风中摇曳摆动,吐着芬芳。又有那古韵新风的诸多建筑物高耸挺立其中,更加景色宜人。

我们漫步于校园内,行走在楼前树下的花丛中,披着和煦的阳光,拂着微微的轻风,踏着斑驳的树影,共享逛园之乐,赏园之美,游园之趣……

银杏树下金叶飘然而下,彩蝶一样轻盈飞舞,悄然落在缓慢行驶的车顶或自行车骑行者的背包上。校园内车辆和行人很多,可都充分体现着文明、礼让和相互关爱。行人中除了本校的师生,也有不少外来的游客前来参观和游览,他们领略着这里的文化与文明、繁华和幽静、高雅又质朴的气息和氛围，都是喜气洋洋，或匆匆然，或悠悠然，或认真观赏景致，或邀家人和友人合影留念，却都关注着这里学习、拼搏、奋发进取的精神……

我们来到女儿办公的大楼，走进女儿新搬进的办公室里，着实比原来宽敞了不少，也配备了座椅、沙发和其他日常用品。女儿一边收拾着办公桌上的资料，一边说，有些用品，不光是方便自己，也想给学生们提供些方便，包括读研的学生，他们都很辛苦，很刻苦。女儿说，自己一路过来的，深有体会，感同身受，只要可能，尽量给他们提供些方便。女儿不经意间说的这番话，叫我很是感动。女儿从清华大学读本科、读博，到留校工作已经二十余载，可在我心中仍是个孩子，可今天我忽然觉得女儿长大了，她成熟了很多，我由衷地感谢清华大学对她的教育和培养。

清华大学，这座诞生于1911年，因北京西北部清华园而得名的大学，确实在众多大学中出类拔萃，独树一帜。她在四季的轮回间，不知见证了多少春华秋实，培养出多少栋梁之才。她那独特的风景、风姿和风韵，都洋溢着她独到的气势、气息和气氛，令每一位走进清华园的人都激动不已，心旷神怡。

当走到清华园工字厅时，我就像来到了一位故事多多的长者面前，充满着求知和好奇：早年有学者说这就是红楼梦里的"大观园"原址呢，现在看，固然根据不大，但能说明这所庭院的盛况。据说1924年印度大诗人泰戈尔访华时，就曾在这里下榻。我静静地站在那里，仰望着匾额上"水木清华"四个字和两旁"槛外山光历春夏秋冬万千变幻都非凡境，窗中云影任东西南北去来澹荡洵是仙居"的对联，便沉思良久，有一种跨越时空的历史感。这跟后来我去清华大学幼儿园里的一番景象，形成古今贯通之感。

旅途花开

　　幼儿园的院子里设有各种各样的供孩子们游玩、健身的现代器材，个个既坚固牢稳，还小巧玲珑，那一长溜儿小碗口儿大半尺高的圆木墩儿非常有特点，它应该相当于大人们练的梅花桩吧，可这些小木墩儿好玩又安全，既摔不着又跌不倒，还能让孩子锻炼平衡能力。我的小外孙大卯今年已经入了清华大学幼儿园，本来是想看看小外孙的，可听老师说小朋友们午睡才起来，正准备着叫他们喝酸奶，便决定不去打扰孩子，就隔着窗户悄悄地看了看正在跟小朋友说话的小外孙，就尽快地撤离了。

　　时已下午三点多，告别了女儿和女婿。因为女儿女婿都是在清华大学念书、读博士的，女儿又留校工作，所以我曾多次来过"清华园"，每一次都有着相同和不同的感受，给我留下的印象一次比一次难忘而深刻……

夏天的元旦

（一）与悉尼歌剧院有缘分

我怀着好奇和期盼汇集成的激动，于2011年12月15日乘坐了十多个小时的飞机，从北京来到地球的另一端——澳大利亚的悉尼。

之所以期盼，是我的大儿子晓彤被公派在悉尼工作，儿媳小辉和孙儿宇也都住在这里，期盼着和他们相见相聚的时刻；之所以好奇是我第一次能在夏日时欢度元旦。还有一件事不得不说，一起陪我来的二儿子晓红的一位朋友就住澳大利亚的阿德莱德。听说我们去看他，朋友斯蒂夫为我们在海边安排好了住处、吃饭用的餐具以及各种食品。能和儿孙、家人一起去看海，当然也是一件令人期待的事情，自然还要欣赏一番这里的景色和著名的建筑。

外出游玩时，不少人愿意多走几个地方，不惜长途跋涉，哪怕只是"走马观花，蜻蜓点水"式的到此一游，也乐此不疲，我也时常这样，但有一个地方必须静下心来仔细观赏，细细品味，才能更加体会其中的趣味和艰辛，才能了解它的来龙去脉和鲜为人知的丰富内涵以及感人至深的故事。比如，悉尼歌剧院，就是有内容、有着非凡经历才落成的伟大建筑。

记得好几年前，我曾在一本画报上看到过悉尼歌剧院。但我想象不出，它如此别出心裁，出类拔萃，不愧是世界闻名的歌剧院。

它坐落在悉尼港湾，以悉尼港湾大桥为背景，其余三面临水，与周围景物相映成趣；它环境开阔，远远地就能领略到它的壮观与辉煌。它那硕大的"贝壳"依次排列，前三个一个盖着一个，面向海湾依抱，最后一个则背向海湾独立，如此独特的建筑，还有"翘首遐观的恬静修女"之美称。那高低不一的尖顶"贝壳"，外表是用白格子釉瓷铺盖着，阳光下又像乘风出海的两艘巨型帆船，故又有"船帆屋顶剧院"之称。

该剧院的诞生是从1955年9月起向世界各地公开征求设计方案的，最终从32个国家233件参选作品中选中了这件——丹麦的设计者约恩·乌松的作品。经过了曲曲折折的好多故事，于1973年10月正式落成。2007年6月被联合国教科文组织评为世界文化遗产。这里曾邀请国际上著名的文艺团体演出，如纽约爱乐、德国碧娜等，并获得英国伊丽莎白女王、南非前总统曼德拉、联合国前秘书长安南等众多国际名人的造访，足以见得此建筑的伟大和它举世闻名的程度。

如此具有悉尼市标志性的建筑，也是20世纪最具特色的建筑之一，而它的设计者丹麦人约恩·乌松，却因种种原因于1966年离开了悉尼，从此再未踏上澳洲的土地，他的设计方案，是后来由其他人逐渐完善的。

据说他的设计理念，既不是"贝壳"，也不是"帆船"，而是切开的橘子，那14层"贝壳"合起来刚好可以组成一个完整的圆。不过作者对"贝壳""帆船"的比喻也非常满意，只是他从1966年离开悉尼，再也未踏上澳洲，直到2008年11月29日在丹麦去世，他都没能亲眼看见自己的杰作，这不得不令人感到遗憾，但他给世人留下了这座气势磅礴、美轮美奂的伟大建筑。

好几年前，我看到的悉尼歌剧院，只是在一本画报上纯粹当画儿看的，今天，我有缘来到这里，站在灿烂的阳光下，仰望着以蓝天为底色的这幅"空中巨画"，我真感谢这份缘，感谢约恩·乌松这位伟大的设计者。

（二）奇妙的凯恩斯

凯恩斯城市四周都布满郁郁葱葱的树，南北两翼则是绵延数里的银色沙滩、汪洋碧海。我们去了闻名的景点——大堡礁。

这里游人很多，热闹非凡，供游人观赏和参与的项目实在太多。儿子晓红和孙儿震震乘坐了具有梦幻色彩的热气球后，又去下海潜水。我站在台上看着他们身穿潜水衣，肩背氧气瓶，带着面罩儿，全副武装的模样，有一些激动，当儿孙跟着配备好的专业教练走进下海入口处时，我还是有点儿忐忑。儿孙们看出了我的担心，扭头对我大声说："您放心吧！"

才到能潜水年龄（10岁）的孙儿，走出海后也跟着他爸爸直说一个字："爽！"并对我说他们潜到15米的深度，还绘声绘色地讲述着如何在珊瑚等生物中游来游去的，又是如何同各种鱼儿同游互动的。

儿孙们描述海底世界的奇特和美妙，促使我和国强勇于乘坐了儿子给我们安排的半潜式玻璃船。

我第一次如此近距离看这么多海洋动、植物，那五颜六色堆积如山，又漂浮乱动的珊瑚竟如此色彩斑斓。那千姿百态的海底世界看得我眼花缭乱，目不暇接，越发觉得我知之甚少，着实叫

不出它们的名字。

我不知道它们经过多少年的变迁、记录着多么悠久繁杂的进化过程,才使他们如此丰富多彩地生存着,生长着,给世人带来这么多的惊奇和震撼。

凯恩斯市的面积仅 488.1 平方公里,人口 15.2 万,可凯恩斯却是世界上绝无仅有同时拥有两个世界自然遗产的地方——大堡礁和热带雨林。

据说热带雨林的面积不到澳大利亚国土面积的千分之一,可是雨林中的生物种类之多却令人吃惊:已经发现的就有 221 个属类的 2800 多种植物,有的树竟高达 60 米,却依然枝繁叶茂,遮天蔽日,有的已经有两千多年的树龄了,它依然用它的绿叶和太阳光进行光合作用,释放出氧气。

说森林是地球之肺是很贴切的。我们漫步在雨林之中,在呼吸吐纳间自然净化着身心。

我驻足于雨林中,仰望着一棵棵大树,觉得它们就像耄耋之年的老人,依然在造福于人类,呵护着子孙后代,令人肃然起敬。

(三)海韵与友人

在我们来到阿德莱德的当天,斯蒂夫和他当地一位朋友约翰也来到他所安排好的我们在海边的住处,晚上在海滩上张罗了晚餐:甜食、烧烤大龙虾,儿孙们又准备了几个青菜,大家边吃边聊。

海风吹来,海鸥鸣唱,我们看海、听海,领略着奇妙的海韵。夜幕下的海边僻静而美妙。

晚饭后,我们关掉院里所有的灯,夜空的繁星更加明亮、清晰,连银河两边的牛郎织女星都格外清楚。

两个孙子震震和毛毛都激动地跑来跑去,只穿着背心和短裤,说这海风舒服,一点儿也不冷。

晨起五点钟,我们都起来等着看日出。尽管那里是夏天,可清晨的海边还是有些凉,孙儿披着毛巾被,不时张望着日出的方向。此时的海水还没有退潮,海波激荡,晨风轻拂,四周很安静,在略显朦胧的海空又见海鸟在盘旋着飞翔,真乃如诗如画。

5点45分,太阳升起处出现了霞光,只是那里的云彩没有退去,倒是被太阳的光芒给镶上了金边儿。可我们没能看到太阳喷薄而出的一瞬,国强、红儿和小辉也都把相机收起来了。

记得有一篇关于海上日出的文章中写道:"海上观日出,并不是每天都可以见得到的。即使是出生在海边几十年的人也未必见过一次。令人终生难忘的海上日出。"是的,我们大人都能接受,尽管我把这话也说给了孩子,可俩孙子还是为没能如愿看到完美的日出,多少有些不悦,嘟囔着说起得又那么早。

正在这时,斯蒂夫过来,说要开车带着震震和小宇去草原看野生袋鼠,兄弟俩一下子兴奋起来了。

看袋鼠回来后,两兄弟兴高采烈地给我讲:那些袋鼠实在太可爱了,它们在设置的护栏里跑来跳去,有好几只袋鼠仿佛知道他俩是远道来客一样,还跳到护栏网内离他们最近的地方友好地相望呢,就像跟他们说话一样。有一只袋鼠的育儿袋里还装着一个小宝宝,那小宝宝还探出头来看他俩哩。还有好几只袋鼠待了好一会儿才撒着欢儿跑开。俩孙子说着,又变魔术一样,从纸箱子里拿出足足有一尺长,像擀面杖那么粗的大蜥蜴,如此大的蜥蜴我从没见过,乍一看真的吓了一跳。这蜥蜴的头和尾长得很像,

不仔细看根本分辨不出哪是头哪是尾。斯蒂夫对我说，它为了保护自己才长成这样的，这种蜥蜴是无毒的，性情也温顺，从不咬人。刚才看袋鼠回来的路上，看见它在路上不动弹，以为它受伤或者病了，就把它带回来了，仔细检查发现它并没受伤。说着俩孙子都双手捧着蜥蜴喂它肉吃，我是不敢摸它，只是看着它吃肉，吃菜，很快它就不停地爬起来了。它没伤也没病，是饿了，俩孙子让它饱餐之后，就放它回大自然了。

次日早饭后，斯蒂夫和约翰开上游艇带我们去浅海钓鱼，游泳。

令人没想到的是，这次我们各自创造了一个之"最"。国强钓了一条当地最贵的鱼；二儿子晓红游泳时不仅巧遇了数条海豚，还跟它们最近距离（大约一米）游了很远；大儿媳小辉是喂海鸟最多的，震震孙儿钓的鱼数量最多（五条）；小宇孙儿在他们所有人中钓上最大一条鱼（约两斤多）；而我则是在海边椅子上坐的时间最长的一个，约两个小时。当时我想，大儿子晓彤因工作太忙还在悉尼，他若来了又会创造出什么之最呢？

我赤着脚走向近海的沙滩。

阳光下，海面金光闪烁，风平浪静，使我体会到："海水无风时，波涛安悠悠"的美丽宁静的海韵。

看海，包括国内外，我都不是第一次，可像这次一出房门就能直接站到海滩上看海，还是头一回。晚上躺在床上，都能听到海的浪花在低声细语地交谈和歌唱，很美妙。

那天近午，斯蒂夫带领大家各自带着自己的成果和故事兴致勃勃地回到住处。

我看着儿孙们一脸的欢笑，也高兴地分享他们享受海之趣的快乐，同时也把我体会到的海韵分享给他们。

说到这里,我们必须感谢斯蒂夫,感谢他为我们的吃住行所做的安排,以及他的接待和陪伴。

(四) 夏天的元旦

2012年的元旦,我是在悉尼大儿子家度过的。

已习惯了在严冬过的元旦,竟然在夏日里过起了。看着大家都穿着单衣单裤,儿孙们更是背心短裤——说今天元旦呢,仿佛有点儿不相信的感觉。

确实是,地处南半球的澳大利亚和我们中国的气候正好相反。我们12月从北京来澳洲时,都是穿一身冬装,到澳洲后便把羽绒服和其他厚衣厚裤都放置起来了。我在这里的近半个月多半儿都穿裙装,是有生以来第一次穿着裙子欢度元旦。元旦时我们还把在悉尼上大学的乐乐(国强侄女的儿子)叫过来一起欢度。

晚饭后,我们站在彤儿家的阳台上,正好能看到悉尼海港上空的烟花——这是悉尼市政府举办的大型新年庆祝活动。

随着一声声爆竹声,天空呈现出五彩斑斓的各种图案,一簇簇,一串串,还有巨大的菊花状等,把上空装扮得多姿多彩,无与伦比的美丽和喜庆。两个孙子兴高采烈地看着,不时地喊着:"庆元旦了,好热闹啊!"就是女儿晓丹一家三口没来。若他们也在这儿,不知会把我小外孙高兴成什么样儿呢。

这一夜,我们大人孩子都睡得较晚。这倒令我逐渐"进入状态",觉得还真有过新年的气氛呢。

枫叶斑斓

（一）异国巧话玉兰花

今夏，孙儿震震放暑假，回国住了三周。

2016年7月31日，我们跟儿子、儿媳、孙儿和孙女一起从北京乘飞机去了加拿大，同领着我外孙去美国回来的女儿于8月1日汇聚在儿孙加拿大的住处。

这里，已安静了20余天的房间，因我们的相聚顿时热闹起来……

我是第一次来加拿大，从机场到住处的路上，我目睹了这里的蓝天白云，绿树青草，还有颇具独特风格的房屋，从房子的式样，到盖屋的木质材料，以及房屋周围所种植的花花草草，我觉得有些像美国的波士顿。

这里的八月也正值盛夏，实际上，没有来之前想象的那么热，中午或在阳光下会感觉气温偏高，到了清晨和晚上还是有着清风徐来的凉爽。

我对时差比较敏感，看他们有的还能正常午休，我却毫无困意。

独自下楼来到儿子住处的后院儿，泳池周围尽是花草和树木，绿茵茵的草坪上的那片高树，或高大伟岸，或葳蕤茂盛，挺有气势。

我走过去仔细看，才知道有好几种树呢，我认识的有枫树、松树，还有一棵树干不高树冠却圆圆大大的玉兰花树。它树形奇特，样子可爱，使我又想起我国民间那个唯美的神话传说：很久以前有一处深山住着三个姐妹，大姐叫红玉兰，二姐叫白玉兰，小妹叫黄玉兰。一天她们下山游玩儿，发现村子里一片死寂，三姐妹十分惊异，向村里人问讯得知，原来秦始皇赶山填海，杀死了龙虾公主，从此龙王锁住了盐库，不让这里的人吃盐，导致瘟疫发生，死了好多人。三姐妹十分同情他们，便决定帮大家讨盐。然而谈何容易。在遭到龙王多次拒绝后，三姐妹只得从看守盐仓的蟹将军入手，用她们自己酿制的花香，迷倒了蟹将军，趁机将盐仓打开，把所有的盐都投入海水里，村子里的人得救了，三姐妹却被龙王变成了花树，后来人们为了纪念她们，就将那种树称作"玉兰树"，所开的花便是玉兰花。

去年5月的第二个星期天红儿给我发视频，我看到了这棵玉兰花树，那正是玉兰花初开的热闹景象，树上的花儿正争先恐后地开，有的已经怒放盛开，有的正含苞待放。

儿子对我说，他那儿有位邻居给他说：在加拿大有个传说，每当玉兰花开时，母亲节就要到了。

今天我亲眼看到了这棵枝繁叶茂的玉兰花树，不禁联想起这两个美丽的传说。两个不同的国度，对玉兰花有着如此相同深刻而美好的寓意，又同样是歌颂和崇敬女性的感人故事。这太有趣了，很巧，我便自撰一句：异国巧话玉兰花。

（二）朋友间的逗趣

天空湛蓝，阳光明媚。

午后，我一个人坐在后院阴凉处的椅子上，正翻看一本书，突然有一只小灰兔从花草丛中蹦跳出来，就在离我一米远的地方蹲下，仿佛有点儿"陌生"地看着我。但我看出它并没有任何的惧怕和防范，还低下头，抽动着鼻子在地面上嗅着，然后仰起头带着几分亲切的样子，一直朝旁边看。我有些纳闷儿，待我扭头朝着它看的方向望去时，惊喜地发现那边草坪上有一只黑色小松鼠，莫非小兔儿把小松鼠当成同类了？不会吧，你的同类哪有这么长的尾巴？啊，兴许是它的玩伴、朋友，在我没有来的时候，可能他们都已是这里的常客，他们已经是常来常往的老相识了。反正小兔儿一直在看小松鼠，而小松鼠呢，压根儿也没注意，或者说没有在意是否有人关注它，只管拖着长长的毛茸茸的尾巴，埋头在草坪上觅食儿，直到有一只小鸟落到它附近，它才抬起头，这才看到了一直在看着它的小兔儿。小松鼠也是友好地注视着小兔儿，好像在说："你好吗朋友？对不起啊！刚才我只顾得找食儿吃了，没有看见你哟。"

我一直坐在那儿看它们。小兔子咕哝着三瓣儿嘴，一直泰然自若地蹲在那儿，深知人类不会伤害它。小松鼠则叼着一个果子，东张西望地寻找藏处呢，这是小松鼠的天性，总是把自己的食物尽可能藏严实些，可有时自己也会忘记藏的地方了，但它总还是记得去藏。这时好像给小兔儿也提了个醒儿，是啊，自己也该去找点儿吃的了，便蹦蹦跳跳地钻进花草丛中……

下午，孩子们从游泳池出来，身上的泳装还湿淋淋地滴着水呢。我的小外孙大卯跟我的小孙女儿妞妞不知为何争执起来了，孙儿震震从草坪那边兴冲冲地走过来说，咱家那棵树上有一只小浣熊！

这消息太振奋人心了!因为能在自家庭院里看到浣熊可不像见到小兔儿和小松鼠那么容易,大家都走过来了。表兄妹早也忘记了争执,还手拉着手跑着去看浣熊呢,我们大人也由孙儿领着一起朝树下走。

"你是怎么发现树上有浣熊的呢?"女儿丹丹问我孙儿。

"嗨,从铁艺透花墙看到邻居院里的俩小狗一直朝着咱家的枫树叫唤!"孙儿说。"我往树上一看,嘿!这小浣熊正跟小狗儿'斗智斗勇'呢。"

树上那只胖嘟嘟的小浣熊像一个灰乎乎的大绒球,萌萌的样子实在太可爱了。看劲头儿,它是不想在树上待了,不住地向下探头探脑地看,还试探性地向树下爬几步,可一听到小狗的叫声,就又赶紧向树顶处爬。

"八成小浣熊偷吃了小狗主人家的食物了,这小狗来找它'算账'的,浣熊知道自己理亏了,才躲到树上的吧,倒也居高临下占了优势。"

"嗯!浣熊浣熊,就因它在进食前要把食物放进水里洗后才吃,所以它一定吃的是人家洗好了的鱼和水果吧。"

"嗨,别说,如果小浣熊真从树上下来,站到小狗跟前时,也没准儿,他们就会'握手言和'了呢。说不定会一同嬉戏,共找食儿吃呢……"我们一边仰头看着树上,一边你一句我一句地分析着,议论着。

看看树上、树下,一个是野生浣熊,一个是家养小狗儿,但它们同是大自然中的一员,看它们有时会虎视眈眈,实际上,我觉得这也许是它们朋友间的一种游戏,一种逗趣,倒是给我们人类的生活增添了光彩与和谐。

（三）世界第一跨国银河落九天

这一天早餐后，我们一家驱车出发了。

碧空如洗，万里无云，路上的车也不多，一个多小时就到了目的地——尼亚加拉大瀑布。

尼亚加拉大瀑布位于加拿大安大略省和美国纽约州的交界处，是世界第一大跨国瀑布，瀑布的源头就是尼亚加拉河。

尼亚加拉大瀑布是由三个部分组成：马蹄形瀑布、美利坚瀑布和新娘面纱瀑布，其中最大的是在加拿大境内的马蹄形瀑布，而事实上，在美国境内看到的只是尼亚加拉大瀑布的侧面，在加拿大才可一览瀑布全景。

刚一走近，还没到瀑布跟前时，我已感受到了大瀑布的雄浑，那铺天盖地的磅礴气势和震耳欲聋的响声，以及瀑布飞溅的水花所带来的湿润潮湿的气息，用不着走到跟前就已领略到了。

游人真多，从排队登台，就见游人接连不断、络绎不绝。大家来自不同国家和地区，可谓千里之远，万里之遥，来此一睹大瀑布的风采，无论大人孩子，无一不惊奇惊喜地注视着大瀑布。我那五岁的小外孙，看到那白花花雾腾腾的"飞流直下三千尺"的瀑布时，兴奋不已，一直从人群中寻找着最佳空隙，努力使自己看得更清楚、更仔细。

我们站在观景台上清晰地领略大瀑布的雄伟壮观，更有丝丝水汽扑面而来。

为了更接近和感受瀑布的威力和气势，儿子带我们登上游船，直接抵达大瀑布下，乘船穿梭于汹涌波涛之中，真可谓扑朔迷离、惊心动魄。此时，却也顾不得观赏美景了，索性闭上双眼任凭有声之水向我袭来……

尽管组织者让游船上的游客每人都穿上戴帽子的雨衣,可乘船入河的过程中还是会有飞珠落玉般的水滴落在头上和脸上,倒是在炎热的午时带来一分清凉。而感触最深的则是近距离地感受和体验瀑布倾泻所带来的心灵震撼。

我们下船时,那里已排着长长的队,都在等着登船,儿子告诉我,每到旅游旺季,这里一天到晚都这么忙。

我走下船,理理湿漉漉的头发,抹一把脸上的水珠儿,就像刚刚经历了一次体育锻炼一样。儿女们问我感觉如何,我说:"刚才经过那番惊涛骇浪后,好像觉得自己的身体强壮了许多。"真的,这是我当时的真实感受。

(四)景中景

中秋时节,风和日丽,多伦多的晴空净如水洗。

早饭后,我们出发了。

今天去的地方是湖心岛公园,顾名思义,此公园地处湖(安大略湖)之中。儿子对我说,此公园就在多伦多电视塔的对面。

我实在难以想象她的美,因为湖的本身就是一景,岛的本身也是一景,又在湖中的岛上建了一个公园,公园本身又是一景,而此则"三景"并一景,它该是何等的优美、幽静——像一个世外桃源吧。我们从港湾处乘上渡轮,行驶十分钟就到达湖心岛公园了。公园里空气清新自不必说,那高高的树林,连绵的草坪,清澈的湖水,白色的沙滩,水花四溅的喷泉,宽敞的游乐场,以及长桥上悠闲自得留影拍照的游人,均是自然交融,相互映衬,如诗如画,美不胜收。

孙儿震震捧着随身带来的一本书,坐在树下的草坪上悠悠然地读起来,沉浸于公园里迤逦的风光、宜人的景色之中。小孙女妞妞在游乐场的喷泉下跑来跑去,玩得不亦乐乎,头发、裙子都被泉水喷得湿淋淋的,她依旧不管不顾地玩。小外孙跟女儿已在开学前回到国内,要不然他们一定也参与其中。

那边的湖水,在风平浪静中像一面镜子倒映着蓝天,清澈明亮,湖天一色。

湖旁边的草坪上,有很多餐馆,各种美味小吃和饮品应有尽有。无论你想饱眼福,赏美景,或想饱口福品美味,都可自择自选,方便随意。

我从小桥走过,穿过沙滩,从林间、湖畔绕道走在绿茵茵的草坪,和国强与儿孙们在一片缤纷争艳的花池旁相集,一起漫步于景中景,宛若画中人。

直到火红的夕阳洒满湖面,我们才同乘渡轮返港,踏上回家的路。

(五)近看湖水远看塔

从儿子的住处出门向右拐二三百米就来到一个湖边,我喜欢湖边漫步的感觉,又因如此的方便,便几乎每天都去那儿。或在湖边慢走,或在湖边的凳子上稍息,或站在湖边的垂柳下随心所欲地看,看湖水粼粼,涟漪层层,看水上野鸭闲游、游艇闪过,或静静地眺望那晶莹、湛蓝、辽阔浩瀚的湖面。总之,每一次来都能给我带来各种相同和不同的美好心情,或坦荡,或安稳,或沉静。有时又觉得像看海,也许因为这湖太大了,甚至有一次我跟我的孙儿说,这湖跟大海何以区别呀?我的孙儿说:"奶奶,捧一捧水尝一下就知道了。"我乐了。

是，这个湖就是北美，也是闻名世界的五大淡水湖（苏必利尔湖、安大略湖、休伦湖、密歇根湖、伊利湖）之一的安大略湖，据说这里的安大略省就是由此湖命名的。

湖的上空有蓝天映照，水天间有鸟儿翱翔，或于近处盘旋，或展翅飞向远方……

左侧偏远处便能看到美丽的多伦多市，从这儿的湖边看去，最显眼的当然也是多伦多市最具标志性的高大建筑——多伦多电视塔了，其周围自有高楼林立，大厦成群，在湖水的映衬下有一种梦幻般的美感，我想到了海市蜃楼的奇妙景观。但这不是虚幻的海市蜃楼，这是实实在在的离我们的住处仅有半小时路程就能到的多伦多市。

一个风和日丽的下午，红儿租了一辆大一些的车，带我们走进多伦多市。

我们在多伦多市最著名的央街行驶了一会——曾经的央街是据吉尼斯世界纪录记载的世界上最长的街道，隔车窗看到街道两边的众多景点，商场、餐厅、咖啡馆和一些特色小店，我们只是乘车路过，只初步领略了央街的个性化的风采，没能细看，因为我们期待着走进那远看是奇景，近看更景奇的多伦多电视塔呢。

幸亏我儿子从网上买好了票，要不然不知现场又要排多长时间队呢，甚至能不能买上也在两可——买票的队伍实在排得太长。

我和大家走在缓缓行进的游客行列中，不时地仰望这座举世闻名的建筑，它不愧为自1976年落成后一直被吉尼斯世界纪录为最高的建筑，直到2010年阿联酋迪拜的哈利法塔建成，此塔才成为世界第二高塔。

旅途花开

　　按照顺序一道道一层层地行进，当我乘电梯来到这位高达533.34米的巨人的怀抱时，有着别一番惊奇，虽然有与登上悉尼电视塔（高304米）和我国上海的东方明珠电视塔（高468米）时的相同的激动，但今登此塔，它的特点仍给予我另一番不同的感觉。

　　在如此高塔上从周围的玻璃窗向下看时，美丽的多伦多市尽收眼底，那明镜般的安大略湖，就像绵延画卷上镶嵌的宝石闪光发亮，耀眼夺目。

　　塔里有室内游乐场、旋转的餐厅，各种各样的观赏景物琳琅满目，应有尽有。

　　来自各国各地的游客穿戴着不同的服饰，畅谈着不同的语言，却同时聚集在这高塔上，大家你来我往，擦肩接踵，使彼此拉近了距离。最能体现这些的是塔内一个非常独特的景观——电视塔的113层楼的那个呈扇形的玻璃板步道，我一走近时，就想起曾在美国跟女儿一起看到的科罗拉多大峡谷。站到玻璃板步道上时，就像站到了大峡谷的制高点向下看一样，又刺激，又震撼，有的游客站到上面显得有些紧张，彼此不认识的游客便过来关照，有的面带着友好的笑意，鼓励着……

　　我和儿子、女儿、孙子都走上了这个神奇的步道。说来也神奇，素来有恐高的我，今天竟然没事儿人一样，跟他们一起在步道上亦站立、亦观望、亦走动，反倒觉得是一种非常视角的独特欣赏。我想，是因为本身已经站得很高的缘故吧。

　　我回到儿子的住处，依然常常到安大略湖边漫步或观望，只是我再来到这静静的湖边，近看湖水远看塔的时候，心中便有一种湖水般的平静和登塔远望时的那种开阔。

(六) 山坡上的房子

八月的多伦多，阳光灿烂，微风轻拂。

上午我们披着阳光，迎着微风，去参观游览了一个无与伦比的"山坡上的房子"。

这山坡可不是一般的山坡，这房子更不是普通的房子。

它是加拿大远近闻名、位于多伦多市区以北的奥斯丁台山头上的卡萨罗马大城堡，西班牙语译为"山坡上的房子"。

城堡的原主人是亨利佩雷特爵士。他是20世纪初多伦多首屈一指的大富豪，电力巨头，并从事地产、人寿保险等产业，获利颇丰。据说当时全国四分之一的经济命脉都掌握在他的手中。

腰缠万贯，富可敌国的亨利佩雷特爵士，于1911年4月开始动工一项工程——修建自己的私宅城堡。当时斥巨资350万加元，用了300个工人，历时三年建成了这座当时加拿大最大的豪宅，也被人们誉为北美最大的豪宅——卡萨罗马大城堡。

我们还没有走到大城堡的跟前，已看到高出地面所建的一个个尖顶塔楼，有红、黄、蓝、青等颜色，全部用坚固的砂岩砌成的，不仅气势宏伟，显得厚实，而且充满浓郁的童话色彩。加之城堡周围是一座带喷泉的盛开着各种鲜花的花园，使得这座城堡更加美丽。

走在城堡的小山路上，还可以俯视多伦多的城区。这也是一道亮丽的风景。

我有些迫不及待地想一睹城堡里的景象：一楼暖房有三对特别的铜门，据说每一扇门的造价都高达1万美元。

如果说刚才看到城堡的外部时，已经使我感到一惊了，那么

走到城堡里面时，更使我震惊和震撼。如此美轮美奂、极尽奢华的私宅着实罕见。

城堡内部有98个房间，配合了罗马式、哥特式和诺曼底式等欧洲多种建筑风格为一体的又以独特方式而呈现出的美。

在第一层一楼大厅，有餐厅、橡木地板的图书馆、温室暖房和艺术品长廊。二层是主人的卧室、浴室，女主人的卧室、浴室和客房，还有一个专门接待英国王室成员的会客室。还有一间客房是按照中国风格设计的，专门用于摆放主人收藏的东方艺术品。三层有储物室、陈列室和佣人房，而地下一层是酒窖、游泳池、健身室、保龄球馆和射击场等。通过地下通道进入另一建筑物，有车库、马厩和花房以及40余名佣人的住宅。

里面的所有装修都极尽华丽，无论是装饰风格还是所用材料，都充分体现了极致的考究。

如此登峰造极神话般的建筑，即使到了百年之后的今天，即使在这来往游客不断的情况下，我走在暂无行人的通道时，却有一种毛骨悚然的感觉。我很难想象，当时亨利佩雷特爵士夫妇，即便有40多个佣人，这偌大的城堡也仍显得空落落的，人太少了吧。难怪他的睡床隔壁装饰着一个带有虎头的完整的大虎皮地毯呢，看那虎牙裸露，虎目圆睁的气势，实有真假难辨的劲头儿，我不知道这就是一种装饰摆设，还是确有威慑力的镇宅之意？这话另当别论。

这座无一不完美、无一不周全的绝美豪宅，不仅是亨利佩雷特爵士财富的象征，也是他一生的梦想和追求。

只可惜亨利夫妇入住城堡不到十年，因全球经济萧条和个人投资失败而陷入破产，可谓家产瞬间崩塌，亨利爵士不得不将城堡卖掉。古堡中令人瞠目的财富也很快如水银泻地般流失。

千金散尽、一文不名的亨利佩雷特爵士被迫搬出城堡，栖身于普通平房。妻子去世后，穷困潦倒的亨利爵士也于1939年在他原司机的家里凄然离世。

尽管亨利夫妇乐善好施，也为此获得了很多荣誉，在城堡内度过了极度奢华富贵的近十年光景，但最终却走向衰败。真不幸，让他们夫妇验证了那句"物极必反"的话。

我站在这座依然豪华典雅的城堡里，久久凝视，想象着亨利爵士夫妇的大起大落的人生经历，兴衰成败的喜怒悬殊，着实留给世人对人生的太多思考和思索……

（七）我们是有梦的人

一走近多伦多皇家安大略博物馆，就看到它与众不同的建筑风格：充满着立体几何艺术（是倾斜）的墙，着实别具一格。我想到美国的麻省理工学院里的一座建筑，与其有着异曲同工之妙，既展现着几何学带来的美感，又迸发着内在的气势和力量。

这座创建于1912年的皇家安大略博物馆，是北美洲的第五大博物馆，也是加拿大最大的博物馆。

原本是一座非常古典的建筑，如今，又于2007年7月落成一个新馆，是由一位德国设计师着手设计的，是典型的现代建筑。可是由古典和现代两种完全不同的风格建筑结合起来的这座博物馆却显得很和谐，完美，是多伦多市很奇特的景观。

当我走进博物馆，才真正意识到它之所以是北美洲五大博物馆，加拿大最大的博物馆的缘由。据说馆内拥有加拿大和国际文物600多万件。而且件件精彩，件件光辉夺目：有巨大的恐龙化

石，动物展区内的禽类和哺乳类动物的标本，在牙买加发现的一个蝙蝠洞也被仿造收藏到这里，当然也有蝙蝠的标本，和其他动物标本一样，个个惟妙惟肖，栩栩如生。

古埃及、古希腊、古罗马、非洲、南美等区展示的陶罐以及木乃伊、武士服等，还有欧洲展区的很多玻璃制品。总之，品种之多，数不胜数，看的我真是应接不暇。

当然，我看得最仔细、停留时间最长的还是一层展厅所陈设的中国文物：有从殷商王朝首都的废墟中挖掘出来的甲骨文，有佛教、道教的木雕文物，有中国古代寺庙壁画中的精品，还有陶瓷、青铜器，件件文物无不体现着中国古代艺术的魅力，样样精美绝伦，件件体现着我们祖先的聪明和智慧，这些文物都能算得上瑰宝级的文物了，不是能够用简单的经济账衡量得了的。

展厅还有一个墓葬，说是明代著名将军，可能是明朝末年袁崇焕手下名将吴三桂舅舅祖大寿的坟墓吧。看到这个墓葬，我挺纳闷儿：这么大的墓葬是怎样运到这儿来的呢？

在一层展厅里，中国的展品和所占展厅面积都远远多于和大于同展厅里的其他国家，也引来了不少外国游客来此观看，有的人看得很认真很仔细。我不禁为我们的祖国感到骄傲和自豪！毕竟，这也宣传了我们中国的文化和历史，展示了我们伟大祖国的文明和伟大，也让国外友人了解了中国。但我同时也想到，我国这些珍奇宝贵的历史文物都是谁运来的？又是怎样运来的？

如果这些文物都能陈列在咱们中国博物馆，让来自世界各地的游客在那里参观，岂不更好！

（八）一曲生命的赞歌

十月，天空晴朗，气候凉爽，早餐后，我们从儿子的住处出发，行程两个小时到达目的地——希望镇。

据说，这个小镇曾经很辉煌，是个淘金的乐园，是蜂拥而至的淘金者实现梦想的地方。故取名希望镇。

很多年之后，即1982年，曾在这里拍过一部叫《第一滴血》的电影。电影上映后破了当年全球票房纪录，人们记住了兰博，记住了史泰龙，同时，也给这个小镇增添了光辉的记录。

今天我们不是为上述二者和曾经带给这里的辉煌来的，而是来观赏（也许能给这儿带来辉煌和热闹的）三文鱼洄游的。

在镇上很容易找到停车的地方。我们步行走过安静祥和的小镇，走在两旁皆是花草和高树的路上。

十月的小镇一片季节美景：枫树叶儿已经呈现出红、黄、绿三种颜色，差不多给每一棵树都穿上了如此的彩妆，艳丽而独特。

我们直行走过一座小桥，便左拐沿河前行。一开始河里的水很少，流速也慢，更少看到有鱼游。

可是走着走着，河水变深了，流速也快了，河水里也有了一道道能使水流湍急而下的水闸，鱼也多起来了。

据说三文鱼是四年一大洄游，最近的说到2018年，所以这次三文鱼可能没有那么多，我没见过大洄游是如何的，但我们沿河还没走多远时，也已看到河水中成群结队的三文鱼了，它们都在努力洄游奋勇而上。

这些三文鱼都是从海洋千里迢迢游回出生地去产卵的，然后就死在它们的出生地，完成生命的最后壮举。

它们面对一道道水墙，一次次被水浪打回，又一次次迎浪而上。我看到了有些鱼身上已经有了一块块、一片片的红色伤痕，可它们仍百折不挠，屡战屡败，屡败屡战，不达目的誓不罢休。

更何况，它们在洄游的过程中连食物都不吃，因为只要一停就会被河水冲下，它们只能不停地奋进和冲击。它们为了传承的执着，面对着似乎不可能实现的愿望时，依然矢志不渝地坚持，一条又一条的鱼横尸于河水浅处，过程中还有可能被天敌吞食的危险（有熊和天上飞的天敌），它们仿佛也不予理会。

从食物链的角度讲，三文鱼是不折不扣的弱者，而如此的弱者，却有着如此年复一年、奋勇拼搏的坚强。为了使命谱写着生命的赞歌，这也是人们对强者的崇拜而低估了弱者的能力。

我们沿河一直走到三文鱼最后一跳的地方，跳过这道闸就可到达产卵地了。

而能到这里一跳的三文鱼，是众多洄游三文鱼中少部分的成功者——这儿就是被称之为鱼跳"龙门"的地方。

聚集在此闸下的三文鱼，已是经千难万险闯过来的"鱼中龙凤"了。它们都已精疲力竭，甚至已遍体鳞伤。

当它们最后一跳又被冲下来时，就稍在水中停下，养精蓄锐，蓄势待发，或又直接连续上冲……

目睹如此感人的奇观，我和沿岸的其他游客都为每一条跳过龙门的三文鱼欢欣鼓舞，轻轻的，又十分用力地鼓掌喝彩。

它们千辛万苦结束了归程之途后，一旦完成使命，便死在那里。它们产下的幼卵，在淡水中生活两到三年后就又下海，等到了产卵时，就（从9月份后）返回到原出生地再产卵，如此延续传承着他们的生命历程。

在回来的路上,我还在想:它们为什么非要洄游产卵,又死在出生地呢?真的,我不知道,我只能说这是大自然的召唤吧。

但三文鱼这种为使命而战的毅力,执着,用不怕死的精神唱出"一曲生命的赞歌",也给我们带来了启发和启示……

(九)浪漫之都

10月8日,我们乘坐的飞机在蒙特利尔机场准时降落。

乘计程车到酒店,稍事休息后,我们便走出酒店,来到这有着独特风格的蒙特利尔街上。

云飞日蔽,细雨霏霏,明显感到秋天的气息——这里比多伦多的气温低了好几度。

我们都穿上了随身带来的厚实些的衣服,漫步于蒙特利尔的细雨中,倒也别有一番情趣……

蒙特利尔的建筑都具有法式的浪漫风格,而且这里的人都讲法语,连大街的路牌、店铺的名字也用的是法文,洋溢着浓厚的法国色彩,所以被称为"北美小巴黎"。

也算天公作美,没多大工夫细雨停了,让我们更加从容和悠闲地走在街上。

临街楼房的窗户周围还有用石头制成糖葫芦状的造型作为装饰,好看,又活泼,还不失历史的厚重,使得有着如此点缀的楼房高大,整洁,坚固又别致。

我站在一条长街的一端向另一端望去,高高的楼层间露着雨过天晴后的蓝天白云,犹如两山之间的一线天,悠长而深远。我想起清代诗人李斐诗句:"何人仰见通霄路,一尺青天万丈长。"

我们坐上了小型马拉车。

赶马车的是位带顶毡帽的老汉，所行之处都是小街小巷，地面都用旧时的砖铺就的，钉有铁掌的马蹄走在这砖地上发出清脆而有节奏的"嘎达嘎达"声。

拉车的马很听话，只要赶车人一吆喝，就迅速而准确地向左或向右，或快或慢，或走或停，毫不含糊。如此训练有素的马给乘客带来足够的安全感，我的小孙女在马车的行驶中还睡了一觉呢。

我们还乘了市内的观光大巴车。

蒙特利尔是北美最具欧洲风格的城市，被称为"北美浪漫之都"。而且每个街角都有一座教堂，每跨一两个街区便矗立着或宏伟或精巧，大小不一，风格不同的各种教堂。

美国著名作家马克·吐温曾这样描写蒙特利尔："我有生以来第一次见到随便抛一块砖头就可能砸到教堂窗户玻璃的城市。"可见教堂之多。

所以，我们就决定去游览和观赏一番这里最著名的两个大教堂。

首先去的是"圣母大教堂"。据说这座圣母大教堂是参照法国巴黎圣母院的样式于1829年后建造的。

仅正面矗立着的两座高耸雄伟的塔楼，三扇呈拱式的大门足以显示大教堂的庄严和神秘。

一走进教堂就能感到这里宗教文化厚实的底蕴，其内建造真可谓流金溢彩，金碧辉煌，既浪漫奢华又庄严肃穆，既极不对称又相对和谐的独特氛围，从整个建筑到每一个细节，甚至楼梯上的一个小小装饰都散发着极具匠心的艺术气息和庄重的宗教文化氛围，令观赏者惊叹不已。

尽管来观赏的人很多，但竟无一人大声喧哗，我在这能容纳

5000人的教堂里，找了一个椅子坐下，静静的，我感到一种澄澈和清灵……

而另一座建在一个地势高高的位置——进教堂时要走280多个台阶的圣约瑟夫大教堂。

这座教堂始建于1904年，到1967年才全部完成，相比之下，圣约瑟夫大教堂有些现代化。它是世界上第二大圆顶教堂（只有梵蒂冈圣保罗大教堂的圆顶大于它）。

圣约瑟夫大教堂比起圣母大教堂，显得质朴简单了许多。

相传这里有位叫安德烈的修士，曾以圣约瑟夫大教堂（那时教堂很小）中的灯油治愈了许多身体残疾的病人，从而人潮蜂拥持续了30年之久。在众人出资出力之下，安德烈修士在皇家山建起了这座圣约瑟夫大教堂。

圣约瑟夫大教堂的气势之大，之雄伟，之壮观，还有那拥有5811支管子的管风琴所奏出的悠扬的乐声，以及教堂里巨大的空间，甚至令我有一丝迷茫。

我细细品味，安德烈修士纯洁、善良的心灵深深地感动着我。

我对宗教文化知之甚少，也不信教，但是，当我走进教堂感受那份沉静、肃穆时，仿佛觉得有些浮躁的心情竟被这里的场景氛围所笃定。

（十）各家自有景致出

在加拿大居住期间，我初步了解到这里的人的日常生活状态和生活节奏，包括一些社会秩序和风俗习惯等。

有些，我很快都是愉快地适应，欣然地接受。比如走在大街上相识不相识的人相遇时，大多都相互微笑着打招呼。有一次，

我在儿子的门外漫步,有位当地的中年女士路过我身旁时,就微笑着向我点点头,看着我穿的兰花儿白底儿上衣说:"The shirt is so beautiful."我也微笑着对她说"Thank you"。她还问我:"Are you from China?""Yes!"我高兴地点了点头,心想:莫非她也知道我们中国古代三大印花技术之一的蜡染技术?这很简单的招呼和简短的交谈,使素不相识萍水相逢的人之间一下子缩短了距离。

还有交通秩序,他们每辆车只要到了需要拐弯儿的路口时(那里都会设立一个STOP的标志牌),无论前边直行道上有没有来往车辆,需要拐弯儿的车一定会自觉地停一会儿,左右看看,确定无车辆行驶再拐弯儿。如果有直行车,他们一定会耐心地等,直待无直行车时才启动,包括斑马线处,若有人等着过马路,行驶车辆也会主动让行人先过马路,我曾站在那儿等车先行,司机师傅却摆手示意让我先过马路。

看似一个微笑,一个招手,一个轻易的礼让不仅带来安全,还能给人们带来相互的尊重和从容,使大家减少浮躁和匆忙感。

但当地的有些风俗我就难以适应。比如还差十几天才到万圣节(10月31号)呢,这里已有人家布置起来,点南瓜灯我能接受,而在自家门外的草坪上摆放出吓人的骷髅头,或一只离体的胳膊,或一条断掉的腿,有的涂上红色显得血淋淋的,有的露着白骨,甚至把穿着白衣的草人用绳子吊住脖子,挂在自家门上或门前的树上,让其在夜空中飘荡,这不就是我们说的"吊死鬼"吗?挺瘆得慌。

这要在咱们中国,别说是传统的老年人,即使年轻人怕也是难以接受。可人家却是花费不小开销,购买这些吓人的物件儿,又精心安排,用以渲染节日气氛的。

这就是不同国度的差异。各国有着不同的历史,不同的文化,不同的信仰和不同的思想理念,也就有了各自不同的民俗民风。

对那些大家都认同的,尤其和谐社会,维护交通和其他有秩序的好习惯,我们大家同行共享,互勉互励,互相学习。我们有我们的民风民俗和传统节日,如春节、元宵节、中秋节、端午节等等,我们便按照我们的习惯,在不同的节日,用各种不同的物品,装点布置我们美丽的家园,彰显传统节日的文化氛围,迎接和欢度我们民族的每一个传统节日。

至于对别国一些咱们不适应或不接受的民俗民风,我们不学不做,就用一种理解、尊重或用一种好奇、观赏的心态,欣然去看待,去面对。既丰富了我们的生活经历,也多彩了地球村的环境。

(十一) 一片盎然满园诗

人的生活中,没准儿哪一天就会遇到一件或几件很巧、很好或很有趣的事儿,事儿虽不大,往往能给人带来心情的愉悦。昨天我就遇见几件这样的事儿,所以直到此时,早餐后我坐在后院还在一直想。

从儿子的住处出门向左,又向左沿着高树林立、花草镶边的小路漫步前行。天高云淡,风清气爽,很舒适。

走过我们才来时赶上这里一次音乐节(有八个乐团在那里演出,那一晚,我们全部出动,看到近晚十点才回家)演出的地方,再往前走,便是每周六上午才有一次的"早市"街。我们跟儿孙们常来早市买些新鲜的瓜果蔬菜,女儿没回国时,带着小外孙,还来买了不少彩色小土豆儿呢。

从这里继续前行,便来到那座长长的小桥。我迎着清风驻立于

桥头，听桥下潺潺的流水，看水中漂浮的各种船只，静谧而祥和。

这时我忽然看到不远处的天空上有一大朵云，像是一朵带雨的云。因为看上去沉甸甸水汪汪的。我想，别一会儿淋我个落汤鸡——向回走吧。

基本是原路返回，快走到儿子的住处时，听到上边树叶有雨点儿的声音，走在树下小路上的我，并没有感到雨滴，我步履没太急，依仗一路有树的遮挡，心里想马上就要到家了。

到了家门外，有一小段路没有树，就觉得雨点下来了，且比刚才大了，当我准备加快脚步朝大门口赶时，却发现最近处儿子的车库门呼啦啦地升起，我二话没说，三步两步走进车库，原来是儿子开的车库门。他说他们见要下雨了，从车里拿出雨伞正要给我送去呢。更巧的是，就在我刚刚走进车库，外面竟下起一阵瓢泼大雨。如果我去进街门，一准儿把我淋个水湿！这倒一点儿没淋着。

到了晚上，我孙儿震震第一次邀我（就在红儿家的地下室）打台球，我很高兴。

平日里孙儿也忙。下学有时要写作业，有时也有同学找他聊会儿天，有时也帮着家里干些家务，星期日由学校安排做义工、志愿者，难得孙儿邀我，所以我很开心地答应了。

我从卧室直接下来，随身穿一身带有小猪图案的睡衣和一双红袜子，就来到台球室。见孙子已经把台球摆好了，说等我开球呢。

我拿起球杆，正准备开球，房门开了，两岁多的小孙女儿妞妞推门进来。她在门里面站了会儿，看着我说："穿红袜子的老奶奶，穿着一身猪八戒，手里拿着金箍棒。"我惊奇她小小年纪，竟观察得这么仔细。

小孙女儿这句话,把我和孙子都逗笑了。

我和孙子在欢笑声中开始了台球战。

我孙子打台球的技术比我高的可不是一点儿半点儿,我看过他跟红儿打台球,父子俩的水平不相上下。显然,我跟他们没在一个水平线上,倒是我跟他们打时,会学些打球的技巧呢。对于我只能说不计输赢,重在参与吧。

今晨,天空这么晴朗,阳光这么和煦,虽已是初秋季节,院子里依然生机勃勃。餐厅外朝着后院的窗台上潇潇洒洒地爬满着常春藤,又活泼,又执着向上,旁边的花池里各种颜色的月季花依然盛开,其间有蜂飞蝶舞,悠闲而欢畅。门口的万年青修剪的齐刷刷地拥挤着排在小路两旁,郁郁葱葱,茂密而旺盛。那边儿高高的树木越发显得伟岸高大,绿油油的树叶婆娑轻舞,悠悠地唱着歌,和近处的各种花草辉映着。我就像沉浸在绿色的氧吧中一样,清新爽朗,沁人肺腑。

静然中,我想到刘禹锡的秋词:"自古逢秋悲寂寥,我言秋日胜春朝。晴空一鹤排云上,便引诗情到碧霄。"

(十二)梦幻般的绝伦

9月17日,在零星小雨的陪伴下,我们走进一个大剧场。

观看的是享誉世界的加拿大国宝级优秀马戏团——太阳马戏团的表演。

该团是1984年由两位街头艺人创立于魁北克的拜尔圣保罗,之后逐渐壮大。30多年来已为50个国家演出过,以他们豪华且极具震撼舞台的表现力,包揽了国际演艺界各项最高奖项和荣誉。

  看了简介，已初步感受到这是一个了不起的马戏团了。再看那偌大的剧场和四周座无虚席的状况，足以令人迫不及待。

  在幕布拉开后，果然是惊喜连连精彩不断。先是在摆满鲜花的舞台上飞出两个扮成巨大蝴蝶的演员，接着出场的是小丑模样的演员，二者展开了有趣的互动。很快又转为精湛的舞蹈、音乐和歌唱，随之一步步逐渐把演出推向一个又一个的高潮。每一位演员又都有自己的绝活儿，动人心魄的空中飞人、空中秋千、蹦床、体操、传接跳人、哑剧、柔术等等。

  那位柔术演员身体真像一条蛇，或曲或伸或盘或叠，都表演的轻松自如，娴熟优美，柔软的令人难以置信。

  不管是相对轻松的杂耍，还是惊心动魄的高空抛人，他们都完成的那么精湛，完美。加上梦境般的特技，色彩斑斓的舞台布景都可谓无与伦比的精彩！每一个节目都博得台下观众一阵又一阵雷鸣般的掌声。

  他们的每场表演都有一个主题，并把表演全部融进故事里。

  从下午四点半到六点半（中间休息十分钟）的表演，大家都在聚精会神地观看。观众们都遵照规定，没有一个人现场拍照。

  论说，现场表演如此高难度、多惊险的节目，若有人出现一星半点儿的失误，大家也可以理解。可是太阳马戏团的现场表演这么多节目，自始至终是零失误，这太难了。

  我看了坐在我旁边的儿孙，他们都兴奋不已，赞不绝口。两岁的小孙女儿都集中精力，一直看到结束。

  对于我来说，也是第一次现场看到如此精彩的马戏表演。如此梦幻绝伦，真正大饱眼福！如今想来，依然回味无穷……

美丽的"海溜图"

2010年7月,红儿开车带我们去了丰宁坝上草原。

这里是离北京最近,号称京北第一草原的地方,海拔1487米。果然,这儿比北京凉快很多。一到那儿,我就短衫薄裙换成了长袖衫和牛仔裤。

由于对草原的向往,安顿好之后,我便登上旅馆的楼台,迫不及待地向周围观望。果然非同凡响,这里夏季无暑,清新怡人。那苍翠的树,青翠的草,真有一种"天苍苍,野茫茫,风吹草低见牛羊"的诗情画意。在旅馆不远处还有一个湖,湖水清亮,湖面如镜,就像镶嵌在绿色丝毯上的一颗明珠,这番景色足够让人赏心悦目的了。

草原的夏天也像小孩子的脸,说变就变。刚看见天边有乌云密布,接着一阵电闪雷鸣,就噼里啪啦地下起雨来。不一会儿,楼下地上坑坑洼洼的地方就存了积水,雨滴砸得水花四溅,并伴有枣儿大的水泡儿游荡其间。我想起小时候叫这水泡"送饭媳妇儿",童年时不知道水泡为什么叫个这么好听的名字,长大后才明白:久旱时下一场大雨,庄稼丰收了!可不就是给老百姓送饭了嘛!

第二天,天晴得很好,我们来到一个叫大滩的景区。这景区面积不算大,可各种游玩的设施真不少。"习武场"里有射击、

射箭、搏斗等，儿孙父子按照游戏规则和要求，各自全副武装，彼此用山崖山峰做掩体，相互对打起来，几个回合过后也没分出输赢胜败，倒也玩得开心尽兴。旁边还有个滑草项目，从高高的山顶上乘坐一个簸箕状的塑料工具，顺着修好的滑道向山下滑，速度比在银川沙坡头滑沙要快些，国强勇于参与，我便在山下为他拍照。

游乐场外边儿有不少商店。我正在一家柜台前随便看看，有位老板便走过来，热情地介绍他卖的产品，还拿出一瓶酒给我们看，且不说酒劲儿有多大，只听酒的名字就能吓一跳——"闷倒驴"。就此我跟老板聊起话来，我说："这酒谁敢喝呀？四条腿儿的朋友就能闷倒，我们……"没想到老板说，他能喝一瓶儿，说着从已经打开的闷倒驴酒瓶里倒出大半碗儿，递过来叫我尝尝，我低头闻了闻，笑着直摇头，老板就像喝自来水一样，"咕咚咕咚"把碗里的酒干了，眼睛都不带眨一下儿，没事儿人似的，给我介绍起这里的情况。我被他的热情好客而感动，便问他"大滩"名字的由来。他津津乐道地说起来："是的，这里若用蒙古语不叫大滩，是叫海溜图，意思是有水有草的地方。"

老板向远处看了看说，这里的风景非常美，当地流传着一个说法："这里是水的源头，云的故乡，花的世界。"我认真听着，仅此几句短语的流传，足以说明此处环境的优美了！也觉得老板真的没有受刚才喝酒的影响，他介绍得仔细而清晰，连我们接下来要去的千松坝公园，也详细介绍了。

走进千松坝公园，路倒也宽阔平坦，树木也没那么多，我们继续往里走时，树是越来越多，越来越高，树下的各种花草五彩缤纷，百花争艳。我驻足回望绕道而来的路，真有曲径通幽之感。

我面对着巧夺天工的自然界,不禁仰望那里伟岸挺拔的松树,想着他们走过了多少春夏秋冬,历经了多少雨雪风霜,却仍能长得如此葳蕤苍劲,我感受到一种力量和精神,顿然有所感,有所悟……

来到草原自然要到马场看一看。儿子骑上一匹棕色马,还真的在马场跑了好几圈。不满十周岁的孙儿坐在马背上由教练牵马,也体验了一番骑马的感受。这工夫,我跟马场里的工作人员聊了一会儿,他说,一年中七、八、九三个月是这里的旅游旺季,此时,充分展示着这里的美丽。他指着远方说,这时草深林密,花儿盛开,你看这马也匹匹体壮结实,真跑起来时气势雄壮,四蹄生风。他还兴致勃勃地给我介绍起马的品种来:有蒙古马、哈萨克马、三河马等等。我感受到海溜图不仅树高,花多环境美,这里的人也都热情好客。这一印象,在我们吃晚饭时,再一次深深体会到了。

餐馆就在我们所住旅馆的附近,是一个独立的大房子,四周宽敞,视野开阔,餐馆的老板娘是位面庞略黑红,两眼很明亮的中年妇女,她头戴乳白色带罩儿的帽子,脑后扎着一把刷子辫儿,她刚刚热情地把我们安顿好,就又有人来,有叫她老板娘的,有叫她大姐的,直朝她问这问那的,她也挨个儿给他们解答,然后把食谱本儿一一发给他们,就又风风火火地忙去了。

在我们用餐的期间,她又过来,态度亲善而和气地问我们吃的是否可口,还用不用再添点什么。

我们说话间,一位女士领着一个八九岁的小女孩儿过来叫老板娘。老板娘迎过去,亲切地摸着小姑娘的头,扭着脸儿对我们说:"她们也是从北京市来的。他们一家年年来,都六年了——

我们已经成了朋友了。到冬天我这儿没活儿干,就去北京玩几天,也去他们家。"

听她这样一介绍,我也有一种宾至如归的感觉。因为宽敞的大场院里一直都游客多多:有烧烤的,有开着电视唱卡拉OK的,场面十分热闹喜庆,就像一大家人在过节一样欢快。

在这天高气爽,芳草如茵,骏马奔腾,群羊如云的美丽的海溜图和大家相遇相聚,真是缘分。

风雨后的那道彩虹

  2012年11月，国强的老同学定在无锡聚会。他邀我也一道去，我欣然应允。这不仅因为我还没有去过这个被美称为"太湖明珠"的地方，更是由于我跟国强曾同行于他们上几次同学聚会，目睹和感受了他们久别相逢时的感人场景，我不仅分享他们相聚时的喜悦和欢乐，也收获了我与他们之间的友谊。

  这次聚会有一位从美国回来的老同学，国强说，他们中有的从1965年大学毕业后就未曾见过面，大家都知道同学间的那份情缘是一生一世的，远不是时间和距离所能淡化的，这份情缘，反倒像一坛老酒，时间越长，越是醇厚。

  这在他们围桌而坐的时候，淋漓尽致地体现出来：他们虽已鬓发斑白，可在一起说起学生时代的一些经历和趣事时，仍开心的像孩子一般，仿佛一下子焕发了青春，一个个眉开眼笑，侃侃而谈，童言无忌般地畅所欲言，那份纯真，令我体会到他们大学时曾度过的那些日子。说是往事如烟，而又温馨如昨，他说那时候争强好胜，风华正茂，他们或是校文艺团体里载歌载舞的主演，或是运动场上叱咤风云、奋勇拼搏的干将。只是岁月不饶人，他们都从花甲又步入古稀，倍感相聚的珍惜，大家都乐观豁达，谈性更浓。

  他们间，有的已40多年都未曾相见，这期间所经历的风风雨

雨岂是短暂的相聚所能述说得了的,可无论同窗已多久不见,不管各奔东西的岁月里都是怎样走过的,也许有过春风得意,也许只顾风雨兼程,今日相聚时,也不论曾经多么辉煌或如何坎坷,大家在这难得的聚会时,都毫不保留地描绘着所经历的或阳光明媚或风雨沧桑的那一道道彩虹,重温着那充满梦想的花样年华。

午餐时,他们还请来了他们大学时代的几位老师,身为学生的他们虽然都已不再年轻,可他们在老师面前依然是学生的姿态,依然对老师尊敬有加,给老师们添菜斟茶,嘘寒问暖。

实实难得一聚,实实难得能一起到曾经求学五年的母校(原无锡轻工业学院,现江南大学)参观游览。

这些年日新月异的变化,使得颇为现代化的校园内高楼林立,多了不少教室、实验室和图书馆等,惊喜让他们赞叹不已:"变化太大了,太大了!"

从大厅橱窗内的历届同学的毕业照里,大家仔细察看或寻找着属于自己的影子。

他们中曹文秀、韩忠、赵建国、国强,还有今天没能来的有些同学,都曾是篮球、排球、足球和乒乓球等运动场上的主力。至今他们还记得,曾经跟哪个学校比赛过,球场在哪里,战绩又如何,都依然记忆犹新。又不禁说起他们当时都是帅气十足,精力充沛的小伙子,便戏称:"好汉不提当年勇啊。"

其实我看到今天的他们依然精神矍铄,思维灵活,他们从四面八方汇集无锡已经是他们健康的标志和证明。看得出,此时的他们步伐矫健,谈笑风生,已把生活中的不悦和烦恼都忘得一干二净,甚至也都忘记了自己的年龄,真乃是心情好,人年轻;心年轻,人不老。

第二天大家共同游览无锡，便个人随意，自由组合。一部分人去了无锡市西部的以锡山和惠山命名的锡惠公园，那里有闻名遐迩的天下第二泉。大家都知道，民间音乐家阿炳（华彦均）曾在那里创作出二胡名曲《二泉映月》，使这里的二泉更加声名远扬。而我们去的是著名的佛教文化圣地——"灵山圣境"，这里的灵山大佛比"山是一座佛，佛是一座山"的四川乐山大佛还高出17米。如今全国形成南有香港"天坛大佛"，西有四川"乐山大佛"，北有山西"云岗大佛"，中有河南洛阳"龙门石窟大佛"，东则有无锡"灵山大佛"的五方五佛相呼应的格局。

这灵山大佛用铸铜约700吨，高88米，其景其势令游览者叹为观止。

赵朴初先生有《灵山大佛》诗赞："湖光万顷净琉璃，返照灵山正遍知。身与云齐施法雨，目垂悔众示深慈。从兹圣迹留无锡，随顺群情遇盛时。喜见朋友狮子国，和平世界共心期。"

待我们再度聚齐时，已是他们老同学聚会结束时，这样的聚会无论如何，都是短暂的，马上又到了分别时，大家相互辞行，又都跟远道从美国而来的赵素玉一一握手告别，互道珍重，并相约再相聚。

分别时的话语不多，却句句情真意切，虽用简单质朴的话语，我却深深地感受到他们的深情和不舍。依仗如今的交通发达方便，我们仅仅用12分钟的时间乘高铁就来到常州，看望了这次没能赶到无锡去的他们的老同学徐洪兴，当我们把当时老同学聚会的场面讲述给他的时候，他也表现得十分激动。

别说他们来自四面八方的老同学，就我这个不是他们同学的"外人"，也被他们相见、相聚和分别时的浓浓深情所感动，而且

有好几次都眼圈湿润,差点儿流下感动的泪水……

我这次来无锡依然收获颇多,最大的收获当属他们老同学那一生一世的深厚情谊带给我的感受和感动,也增强了我和他们之间的友谊。在这里,我借用南怀瑾先生《聚散》诗中的几句送给国强他们老同学,以表示我对他们的祝愿和祝福:"若心常相依,何处不周旋。但愿此情长久,哪里分地北天南。"

别让插曲缺音符

2012年12月，北京正值寒冬，恰是我孙儿所在学校圣诞节放假。

由红儿带我们去泰国的普吉岛游玩，再度领略（曾冬季去过澳洲）一番12月的夏日风光。

从北京机场乘飞机出发，第二天凌晨一点半就应到达目的地——普吉岛，可不知为什么，飞机过了越南的河内后，乘务员通知：因故普吉岛机场关闭，飞机暂时降落到曼谷机场。

"那里下大雨了吗？"

"谁知道啊，耐心等吧！"

是啊！不等又能怎么着呢？

夜里12点多从曼谷下飞机，乘大巴到曼谷国际机场。我发现这机场好像比我2005年来时宽敞了些。

我原以为在这稍等会儿，便可登机起飞呢。其实没那么简单，在这儿还没来得及细问，就又被安排到另一个候机室里休息。

这一休息，就是近六个小时，直到凌晨六点才通知登机。

一个多小时后到达普吉岛。

当时只顾得为到达目的地而感到兴奋了，也没想看这儿是否下大雨，还是有别的什么情况了。

大家也没人提起这码事儿了，都急匆匆朝取行李处赶呢。

我担心在悉尼的大儿子和在北京的女儿惦记，就见缝插针儿，趁机给他们兄妹分别发了短信：已平安到达普吉岛。

当我来到取行李处时，国强和儿子孙子都已站在传递带旁等候取行李了。

很快，我们所带的三个箱子中的两个都顺利取到，只剩我和国强带的那个黑色箱子始终没出现，到传送带上已经空空如也，我们才确定那个箱子是真的不见了。

儿子急忙去找机场有关人员。十几分钟后，儿子回来说已经跟有关部门办理了寻找行李箱的手续，说让我们先回酒店等消息。

是啊，出门在外，很多时候会是个被动者，或遇到特殊情况变化了或有关地方临时更改了，或计划之外的等候了，均有可能。面对诸如此类的情况我还都是以包容、乐观的心态表示理解。可是像今天这样，弄丢了行李箱的事儿，我还是头一次遇见。

其实箱子里并没什么贵重物品，只是些内外穿的衣服，还有防晒霜、防蚊剂、洗漱之类的生活用品，比较重要的，当属老年人慢性病的日常用药。话又说回来，别说里头就这些，就算是有值钱物和急着要用的物品，又能如何？不也还是等吗！

急需的东西，只能在就近商店能买到的都买了，别的行程安排，我们还正常进行。

近午时分，我们就步行去海边。

去的途中经过一道街，街两边的门市和摊位也不少，我们也就又买了泳装。孙儿说这天太热，大家必须下海。

是的，从冰天雪地的冬天一下子到了烈日炎炎的夏日，好像觉得越发的热。孙儿就穿一件短袖衫，薄薄的沙滩裤，还是热得他汗流浃背，白皙的小脸儿擦了防晒霜还晒得红扑扑的。

来到海边沙滩上，确有太多太多的游客，有的租来长长的塑料床放在沙滩上，撑一把硕大的布伞，或坐或躺，或看海或仰天平卧，闭目养神……

　　当地的生意人各自用篮子、托盘或者小圆桶盛着炸鱼、炸虾、炸鸡翅，还有啤酒和饮料。他们热情地招呼游客们，为自己招揽生意，也给游客带来方便。

　　我站在沙滩上，看着阳光下茫茫大海波光粼粼，细浪起伏，层层叠叠，还有其间疾驰着的汽艇，以及汽艇向上还系着特别的长绳——那是飞翔的滑翔机，其飞速之快，飞翔之高，令我惊叹不已。我虽不能亲自体验它们的乐趣，倒能感受和分享空中滑翔者和海上驾艇人的尽兴和潇洒。

　　儿孙父子俩已鱼儿一样在大海中畅游。我跟国强也换上泳装，只在海边最浅的水里站一阵儿，也就借水纳凉吧。

　　能如此近距离地接触大海，仿佛我就成了海中的一滴水，随着微波和细浪荡漾。

　　晚饭，是在一个离我们住处不远的餐馆用餐，儿子点了泰国最具代表性的一道菜——冬阴功汤。"冬阴"是酸辣的意思，"功"是虾，汤里的调料独特，味道清新：有柠檬叶、香茅草、虾、圣女果、小花椒等等。据说它是世界三大名汤之一，可在泰国是很普通的，大小餐馆都有。

　　两天后，丢失的箱子有了消息。令我们祖孙三代啼笑皆非，行李箱还在北京机场，没有运来。

　　我屈指算来，我们旅游的时间，往返一共六天，等行李箱从北京再运来，旅游的时间也差不多了，再说箱子里的东西也在这儿都重新购置了。我对儿子说，跟他们说说，索性别再把箱子运

来了，回到北京，直接从那儿取箱子回家得了。我这一说，大家都笑了。

行李箱运来送给我们时，旅游时间已过大半。看到自己的箱子，虽说没有太大的惊喜，总也是失而复得，但实在难以说出心中准确的滋味儿。我还是笑着嘟囔了一句"原封不动托运回去算了"，大家又都笑啦。

这都不影响我们旅游行程的正常安排。

红儿领着震震孙儿去参加了一项海上游玩的项目，我和国强去的是适合老年人活动的项目。

下午三点半，我和国强随团乘车先去看了一个佛庙，接下来是去骑大象，大象背上绑着木制的座位，前边还用绳索拉着，既牢靠，又能保证乘客的安全，坐到上边也挺稳当，只是大象走路的步态有些特别：尽管它走的不快，可坐在上边儿的我还是觉得一摇一晃的，有点儿颤。

牵着大象的当地人，自信而自如，时时都能掌控大象走路的速度和路线。

脚下是高高低低的坡形土路，有二十几头大象排着长队，浩浩荡荡，每头大象背上都坐着游客，其景也很壮观。

素日，我略有恐高，坐在象背上，虽然不敢随意扭头，倒也难得享受与温顺的大象的亲密接触。

一直走到一个山脚下，才又掉头原路返回。

就在向回走的半路上，牵象的人放慢了前行的速度，从他随身带的提兜儿里拿出些小物品，全是当地出的珠儿、贝壳、链子等等，向我推销，我朝他摇摇手，他却微笑着给我挑。说心里话，其实我有些紧张，我向前看，只能看见前边人的后背和后脑门儿，因恐高我又不敢乱扭头和向后看,也不知道别人都买了没。说实话,我实在不喜欢那些滴滴溜溜的饰物,只能表示不买。不买,牵象人会不会不高兴啊?一不高兴他调整了大象走路的步态和速度呢?原本高高在上的我要是被他一调整,可就惨了……

我向他又摆了摆手,他好像明白了什么,和蔼地向我点点头,微笑着说了句话,我从他的态度和表情便猜他说的是"不买也没关系"之类的话。

他的行动证实了我的猜测。他牵好大象继续稳稳当当地匀速前行,平平安安地把我送回原处,很认真地招呼好大象,为我能安全下来做到万无一失。

当我从大象背上下来时,我心怀歉意地想:"抱歉,刚才我想多了。"我微笑着向牵象人道谢告别。

事先约好在一个小镇集合,在那儿等旅游车来接我们,我跟国强看已经到了吃晚饭的时候,离旅游车到来还有段时间,就走进附近餐馆。真不赖,会的那数量不多的英语单词,这次也都用上了。如food(食物)、beer(啤酒)、noodles(面条)和water(水),最后还找到了 toilet (厕所)。

回到酒店已是晚上九点,毕竟在异国他乡,当我和等在那里的儿孙们见面时,鼻子一酸,双眼溢满了泪,就觉得好长时间没见他们了似的。

2012年的平安夜,我们是在泰国度过的。

满大街的灯火辉煌,人头攒动,不同肤色,不同装束,不同语言,来自各个地方和国家的游人,在这里汇成一条缓缓流动的长河。我们三代四口漫步在人群中,有家人在一起少了许多陌生感,倒也在异国领略到别一番悠闲,别一番场景和别一番风情……

 旅途花开

　　至于暂时丢失箱子一事，与整个旅游相比，无非是个缺了音符的小插曲，微不足道。期间真有朋友建议我投诉他们，我说心怀好心情外出旅游，没有要投诉谁的准备，别让这事破坏我们的好心情。

古今交融的时空跨越

2015年4月6日,由红儿组织带领了"家庭旅游团",成员有我、国强以及孙儿震震,从北京出发乘飞机去西安。

到西安后,尽管天空细雨霏霏,但这并不影响我们的行程。

在酒店稍加安顿便去了有名的回民小吃街。

小吃街名不虚传,各种有名的小吃,面食,花样儿翻新的名吃应有尽有,街上的饭店和食品摊位一个挨一个,个个店里、摊前都是食客满满,游人不断,有吃的,喝的,也有不吃不喝只是游览观赏的。

当然,我们来西安不是仅仅为了品尝特色美味的,主要是游览几个闻名于世的景区。

西安自古以来就是有故事的地方,加上人们对它的现代化开发和展示,更加强了故事的精彩性,也吸引了世界各地的游客前来观瞻。

我们第一个去游览的是离我们所住酒店只有35千米的秦始皇陵兵马俑。

简单早餐后,驱车很快即到。

原以为我们来得够早,游人不会太多吧,没想到已经来了那么多的游人了。

我们随着缓缓移动的人群,好不容易来到兵马俑一号陪葬坑前，坑的面积 14260 平方米，坑内排列着 6000 余件跟真人真物一样大小的陶俑、陶马，件件都很精美、逼真。俑坑东端有 200 多个与成人一样高的陶武士俑，每列有六七人。南北两侧和两端各有一列武士俑，似是卫奴，其阵容整齐，装备齐全，威风凛凛，都有着强烈的艺术感染力。

如此强大壮观的场景，简直就是秦始皇当年浩荡大军的艺术再现，真不愧为轰动全球的奇迹。法国前总理希拉克曾说过："世界上有了七大奇迹，秦俑的发现，可以说是八大奇迹了。不看金字塔，不算到埃及；不看秦俑，不算到中国。"

我们再到二号坑和三号坑：二号坑的车兵、步兵和骑兵组成的曲尺形军队，以及三号坑出土的战车、马俑都是个个逼真，栩栩如生，有力量、有威严地向世人展示着强大的力量和斗志。

没来之前，我曾在一个资料上看过，说秦始皇陵兵马俑都不戴头盔，当时我还有点质疑，为什么呀？今天所见，果真如此。

有关资料介绍：秦是按出身和血统的贵贱分配权力和财富的时代。战场对于普普通通的秦人而言，只要你敢于杀敌，有敌人的一个首级，就可以晋升一级，就有了立功晋爵，得到财富的机会，所以他们在战场上杀敌，不仅是为秦王朝，也是为他们自己能立功，获得爵位，得到财富，给自己和家人带来好处，所以打起仗来都英勇奋战，奋不顾身。

据说，两千多年前，秦国一位县法律秘书喜为探索这个谜提供了一条线索。说喜三次从军，他用竹简记录了秦军攻打邢丘时发生在部队的一个案件：士兵甲斩获了敌人一个首级，士兵乙则企图杀死甲，据首级为己有，好给自己受爵晋级，也给自己家人带来好处，为此士兵间也相互厮杀。喜在竹简上记载：秦军在战前都要大量饮酒，酒使士兵有一种奋勇杀敌、建功立业的冲动，要么战死疆场，要么加官晋爵，而过于沉重的头盔会妨碍他们杀敌的，所以他们都不戴头盔。从另一个侧面也反应出秦军勇猛善战，崇尚武功的精神状态。

我能如此近距离看到在地下埋藏了2000多年的文物秦兵马俑，不禁心潮澎湃，感叹秦朝艺术家们的伟大，这些举世罕见的作品，不仅反映了当时秦王朝军队的强大、威严，更是秦朝所以能统一六国的国情和气势的证明。以至于我在游览华清池的途中，还沉浸在观看兵马俑时的遐想里。

但是到了骊山麓下的华清池之后，心绪便被这里以温泉汤著称的中国古代离宫的别一番景象所转移。

这里作为古帝王的帝宫和游览地，已有3000多年的皇家园林史和6000多年的温泉利用史，包括周、秦、汉、隋、唐等历代帝王都在这里修建过行宫别苑，尤其以唐玄宗和杨玉环的爱情故事而著称于世。

在华清宫的院子里，有体态丰满的杨玉环的白色雕像，她亭亭玉立，惟妙惟肖。

白居易在《长恨歌》中写道："春寒赐浴华清池，温泉水滑洗凝脂。"

那时，唐玄宗每年都携爱妃杨玉环到此过冬沐浴。据记载从开元二年（714年）到天宝十四年（755年）唐玄宗曾先后来此地达36次之多，可见他对此地的喜欢。也早听说"天下温泉二千六，唯有华清为第一"。

因华清宫在美丽的骊山脚下，这更增强了它的诗情画意。清人钱维乔的《华清宫》诗曰"华清之宫骊山足，玉殿千重相连

属"，足以见华清池是与骊山相关相连的一大美景。

说到骊山，在上古时期，女娲曾在这里炼石补天；西周末年，周幽王在此上演了"烽火戏诸侯"；秦始皇将他的陵寝建在骊山脚下，留下闻名世界的秦兵马俑军阵；盛唐时的唐玄宗与杨贵妃在此演绎了凄美的爱情故事；现代史上著名的西安事变也发生于骊山。

在骊山上有不少亭子，其中有个"兵谏亭"，其实，1946年3月建此亭时，称为"正气亭"，中华人民共和国成立后，更名为"捉蒋亭"，就是西安事变时在那儿抓住了蒋介石。1986年12月在纪念西安事变50周年前夕，为了缓和两岸关系，再次更名为"兵谏亭"。

我站在有着这么多古往今来的历史故事的骊山脚下，跨越古代和现代时空，思索着不同历史时期，发生在这里的一件又一件的事件、故事和传说，有文有武，有喜有悲，有爱有恨，越发感受到古今交融的多重多彩的气息。

除了骊山，还有一座山不能不去，那就是华山。

华山古称"西岳"，是中国五岳之一（东岳泰山，南岳衡山，北岳恒山，中岳嵩山）。同样是山，可它们所承载的历史又有不同，给人的感受也不一样。

我第一次看到华山，是60年代在电影《智取华山》中。那时过多关注的是中国人民解放军侦察兵的机智、勇敢和英雄的豪迈气概，也听说"自古华山一条道"的惊险、艰难的登山之路。但无论如何也不会想到今天我也能登上华山了。当然，我和国强是乘缆车上去的，又步行登上海拔2082.6米华山主峰之一的西峰。

峰顶有巨石，状似莲花瓣，古人多称其为"莲花峰"。徐霞客

《游太华山日记》中记述:"峰上石耸起,有石片覆其上,如荷花。"李白的诗中也有"石作莲花云作台"的句子。这一切都给华山增添了色彩。

我们登上西峰,极目远眺,见四周群山起伏,云霞四披,置身于其中,若入仙乡神府,万种俗念一扫而空。正像宋名隐士陈传在《西峰》诗中写的"寄言嘉遁客,此处是仙乡"那样。

西峰上景观多,传说也多。流传最广的当属沉香"劈山救母"这一神话了。

我和国强就到了西峰。红儿和震震孙儿登上了华山最高的主峰——南峰。之后,他们又来西峰找我们,看他们父子依然有说有笑,一副轻松的模样,我不禁为他们点赞——真棒!

次日,我们又一起去了唐十八陵中规模最大,保存最完善的陵园——唐朝第三位皇帝高宗李治和历史上唯一的女皇帝武则天的合葬陵。

陵园位于陕西乾县城北梁山上,我们从山下向上走的时候,就看见那里有超大体量的各种石雕,无论是人物,还是石狮、石马、石鸵鸟等动物,都体现出大唐盛世的宏大、雄伟。不仅是外在的形态的高大威猛,更在于人们感受到的内在的精神大气和深邃,以及在静态中所涌动的强大力量。

武则天为高宗歌功颂德立的纪念碑,以及为武则天立的那座高7.53米、宽2.1米、厚1.49米、重98.9吨的巨型无字碑,都让人感受到了历史的厚重。

这高大雄伟的无字碑,是用一块完整的巨石雕刻而成的。碑身上雕着八条互相缠绕的螭龙,左右两侧各四条,两侧还刻有升龙图。

此碑虽为唐人所立，但不明唐人一字，但不知它的每道制作工序、每个设计确切的意味着什么，蕴含有哪些，这虽都是此碑的独到之处，却给后人留下太多的不解和想象。

武则天的功过是非，更是一字未铭，诸如这些待解之谜，就让历史研究者们去分析、推测和评论吧，也留给游客们自己来思考和猜测吧。

回到北京后，我也时常想起这次所到之处的场景，或震撼，或感叹，或古今交融，或时空跨越，都给我留下深刻的印象，也学到很多历史知识，很难忘。

同行共享

国强的部分同学自从银川聚会后,相互间更加深了友谊,即使从毕业后未曾见过的同学,也开始设法取得了联系。

特别听说有位徐州的同学身患慢性病,更是想去看看,我也很想去看看江南的风景——我还没去过呢——所以决定同行。

于2012年5月14日,开始了我们的行程。

第一站去江苏连云港,去之前国强对我说,那里的老同学韩忠打电话告诉他,已经安排好我们去后就住他们家,他的夫人陈老师把房间都准备妥了。

说真的,我不同意。我说,还是住旅馆方便,毕竟我不是他们的同学。也不是我小肚鸡肠太较真儿,而是太过麻烦他们,我心不落忍。

国强略显不悦地说:"我的同学我了解,韩忠两口子这样安排,没有半点儿虚让的成分,说明他家具备接待条件,我们非要去住旅馆,岂不见外?"

我无语。

晚上十点,火车到达连云港站。一出站口韩忠夫妇已在那儿等候。

喜相见,喜相逢,同窗如兄弟般相互问候,便很快坐上了韩忠的座驾。

车站离他们家有一段不算近的距离，到达时已近午夜，他们还是备了夜宵和酒菜。

韩忠的功课做的够足，他已经把几天的行程安排得周周到到，细致入微。

次日上午，韩中夫妇就带我们到第一个景区去游览。

行驶在宽广的街道上，感受到了滨海之城的特点和魅力：尽管是初夏少雨时节，却仍能嗅到海洋空气的滋润。

从韩忠夫妇的介绍中得知，这里古称海洲，因面向连岛山，背依云台山，两山之间有一个小港，便取两山的第一个字，名为连云港。连云港市因港湾而得市名，是全国首批14个沿海开放城市之一。

我们到的第一个景区，是与我国四大名著之一的《西游记》有着密切关系的地方——花果山。

它位于南云台山中麓，唐宋时期称"苍梧山"。

在山下，我们换乘山上备的中巴车，直达山顶玉女峰——江苏省各山脉中的最高峰，海拔624.4米。

登峰俯瞰，虽不说是"会当凌绝顶，一览众山小"，但也将山下的绿树清水尽收眼底。

我们在参天古树下的一片草地上，看见一群活泼可爱的猴子，它们或你追我赶，相互嬉闹，或拿着香蕉跟游客互动。

别看它们深居山林，因为这里游客多，显然，这群猴子也是见过"世面"的，即使有人蹲在它们面前，它们也能泰然自若地坐在那儿吃香蕉，或跟游人们友好对视，一副人与动物共存的和谐场景。

离这儿不远处，便是闻名于世的水帘洞，珍珠串儿般的水珠儿密密而下，遮洞而垂，使之神秘而梦幻。

我站在洞前，任晶莹的水花溅到脸上，身心更是点点惊喜和清凉。

直到国强和韩忠叫我为他们俩拍照留念，我才离开。

站到山麓下，回望着奇山异峰，不由得想起李白的诗句"明月不归沉碧海，白云愁色满苍梧"，还有苏轼的"郁郁苍梧海上山，蓬莱方丈有无间"。

是啊，我们看过了诗中的山，自然要去看看诗中的海了：站在海边的沙滩上，见阳光下的大海波光粼粼，微波荡漾，间或有舟船驶过，更见辽阔海面的无垠。

我们沿海走了一阵，便又驱车沿着与6.7公里的长堤并行的道路前行，至一山下，步行走上半山腰的高空栈道，走在上边，虽然稍微觉得有点颤动，却很安全，行走间能观海能看山。

栈道拐弯处，有个风格独特的小凉亭，亭内四周都有条凳，我们坐下来时，见对面条凳上有位带渔具的长者，他黝黑的脸膛透着红润，身上的蓝色马甲前吊着一把明晃晃的精致小剪儿和一把小钳子，我有点儿纳闷儿，带这何用？

长者十分健谈，一搭话儿，他就滔滔不绝地讲起来，讲的都是有关海上垂钓的知识，说潮退潮落的规律，以及潮水之变与日月之间的联系，并详细解释，每月中有两次大潮：初一和十五，两次小潮是初七和二十二等有关海和海边的知识。他说，掌握这些知识对海上钓鱼是非常有用的。

长者津津乐道，我也洗耳恭听，他说了一个话题又接着说另一个话题，好像没有我插话儿的机会。

过了一会儿，他从背包里拿出自带的烧饼，还问我吃不吃。

我摇摇头,随口说声谢谢,就看他吃起烧饼。

我夸他身体强壮,思维敏捷,他说这都得益于他每天到海上来,说着又咬一口烧饼嚼起来。

受好奇心促使,我问长者:"您胸前吊着的家伙什儿是做什么用的呀?"

他一边嚼着烧饼,一边低头看着小剪儿小钳子说:"这俩玩意儿啊,各有各的用啊。小剪儿是剪钓鱼线的,小钳儿,有时鱼钩会被鱼吞进嘴里,就用它把鱼钩夹出来。"

"哦。"我笑着点头,感谢他给我讲了那么多有关海的知识。

发现国强和韩忠夫妇已在栈道上等我了,我匆匆向长者告辞,转身跟上他们。

按照计划,第二天便一起去徐州看望他们那位患病的同学——冯建国。冯建国和国强是1965年毕业后,46年来从未见过的一位同学,得知他近些年患了脑血管病,都很惦念。

辛苦韩忠开车,近午到达徐州。

徐州自古就是北国锁钥、南国门户,兵家必争之地,古称"彭城"。春秋战国时期属宋,后归楚,楚汉时西楚霸王建都彭城,三国时,魏晋南北朝,隋唐初,徐州与彭城名称多次互易。民国时期,徐州为国家重点建设的八大城市之一。解放战争时期,著名的淮河战役就是以徐州为中心展开的。

现在我所看到的徐州,已是个有着悠久历史的时尚、繁华、高楼林立的现代都市。

按照冯建国电话中说的方位和住址,我们找到了他所居住的小区。

急切想见到老同学的心使国强和韩忠从车里一下来,就大步流星地走向冯建国的住处。

待我紧随其后走进房间时,见三位老同学已默然相拥……此处无声胜有声,这感人的场景,令我为之动容。

大家落座后,心情才有所平静,很快也打开话匣子聊了起来。

说起冯建国,曾经是他们全校(无锡轻工业学院,现江南大学)有名的乒乓球运动员,曾经多次拿过全校冠军,还代表学校参加过无锡市的乒乓球比赛,获得了不俗的成绩。说到这些时,冯建国的脸上堆起了重拾成就感的笑容。

近半个世纪了,他们难得有机会相聚,这期间的忙忙碌碌,风风雨雨,世事变迁,生活中的悲欢离合,苦辣酸甜,以及他们经历的坎坷与平坦,有过蹉跎,有过辉煌,都已从少年不知愁滋味,到了今天双鬓染白霜,他们来不及感叹这些,而五年的同窗之情,仿佛使他们一下子回到了学生时代——童言无忌般地尽情诉说。

当冯建国说到他的疾病时,大家难免心情沉重。尽管都知道人吃五谷杂粮,哪有不生病的道理,可近半个世纪才又相见时,谁愿面对此状?

好在冯建国很坚强,也足够乐观。他尽可能坚持生活自理,他要用自己的坚强,减少老同学的牵挂。他说,时常从网上与棋友们下棋或邀请邻居来家对弈。

午饭是冯建国的弟弟张罗的,其实老同学能够相见,喝杯白水也是甜。

大家围坐在一起,尽管都说了不少的话,可积攒了几十年,一时半会儿哪能说得尽。

太阳偏西时,国强和韩忠准备告辞。

开始大家还都笑吟吟地说再见,当他俩真的要离开时,三位老同学都眼含热泪地拥在一起,一遍遍地说:"多多保重,多多保重。"真像电视剧《西游记》插曲唱的那样:"相见难,别亦难,难诉这胸中语万千,道不尽,一声珍重,默默地祝福平安。"

第三站是去南通他们老同学曹文秀的家。

我没读万卷书,也没行万里路。这次南行所到之处,我都是第一次来,包括南通。

这里我再次感谢韩忠夫妇的陪伴和款待,南通之行仍辛苦韩忠开车。

途径周总理的故乡淮安市,我们又一起去瞻仰了举世瞩目的周恩来纪念馆。路过扬州时还去观看了扬州的古运河,和扬州的瘦西湖公园,这都是韩忠预先安排在内的活动,难为他们夫妇想得那么周全、细致。

当我们赶到南通曹文秀家时,却见徐洪兴和赵建国、袁身淑几位已经分别从常州和无锡早我们来到了。

大家一见面都惊喜、激动不已,其热烈的场景可想而知。

曹文秀竭尽地主之谊,提前几天便做安排,他夫人江老师买了难得一见的刀鱼。特别要说的是曹文秀自己酿制的黄酒,不仅酒味地道,就连酿酒盛酒的酒具都是那么专业,真不愧是酿酒专家——他们学的是发酵工程专业。

大家举杯相庆,欢乐无限,自然又谈到他们风华正茂、意气风发的大学时代。

国强说,今天在座的几位男同学都是昔日各个体育项目的佼佼者,尤其在篮球场上都是叱咤风云的人物。曹文秀则更是篮球、排球和足球场上的主力。曹文秀笑说"好汉不提当年勇啊",自然也感叹岁月无情。

随后,曹老兄(几个同学中,他年长一岁,大家都亲切地称他为曹老兄)做向导领着大家看了南通的景点:长桥和狼山。

听说有人戏称长桥不长,狼山没狼。可是它们各自都有着历史传说和美丽的故事。

长桥,原称通济桥的南方吊桥,明朝天启年间有位外科名医叫陈实功,他医德高尚,医术精湛。那时有位狼山总兵,名叫王杨德,他清正廉洁,爱民如子,又非常孝顺父母。有一年他收到家信,说母亲长了"瘩背疮",总兵想到陈实功医生,请陈实功为母亲治病。用了陈实功的药,很快,他母亲康复了,便由小儿陪着给陈医生送来些土特产,可陈医生谢绝了,连给他母亲用的药钱也分文没收。王总兵过意不去,他得知陈医生不仅医术高超,还常用自己的钱为百姓铺路修桥,而此时,陈实功也正为修桥缺少银两发愁,王总兵就用自己的钱帮他修了这座桥。此桥在当时所有的桥中是最长的,便称之为长桥,一直保留至今。狼山呢,是由马鞍山、黄泥山、剑山和军山组成,狼山是他们五山之首,海拔109米,是全国八小佛教名山之首,因此山以佛教文化为特色,所以香火旺盛,一路就见游人摩肩接踵,络绎不绝。待我们走上山后,更觉眼见为实,名不虚传。

由此看来,长桥也好、狼山也罢,凡承载着历史文化的事物都将被世世代代的后人保留和传诵。

生活中很多美好和宝贵的东西,并不是一般表象所能涵盖得了的。就像他们老同学的友谊那样,即使几年,十几年,甚至几十年不见面,他们的友谊也是永存的。

尽管大家话语滔滔,方兴未艾,却又到了分手的时候。

一双双热情的手紧紧地握在一起，又不得不挥手告别。

晚上八点，我和国强回到了北京。可大家聚会游览时的一幕幕，总是在我脑海中闪现。

他们虽然都已年逾七旬，可为了老同学的相聚，各自奔波着，忙碌着，仿佛都忘了自己的年龄。

我亲历了他们的交往，也受到了他们的关照和款待。我为能融入他们之中而感到高兴。

只是我没能为他们的相聚做点儿什么，加上我不善表达，也只有把同行共享的喜悦、感动和我对他们的谢意，默默地珍藏于心吧！

多彩之旅

整整一个月的海南之行结束了。

一般说来,什么活动结束后,好说"圆满"二字,可这次我没这样的感觉。

我这是第一次去海口,原本打算去看看那里的风景,到附近的地方游览一番,如海南的"火山口公园"、三亚等,还计划去看望两位在海南住着的朋友。

此次都没去成,坦率地说,这怪不得别人,要怪只怪我自己。

2017年1月12日,我和国强由女儿和外孙陪着,于下午五点半到达海口美兰国际机场。

尽管时已夜色降临,细雨蒙蒙,仍可见机场周围树绿草青,一派南国风光。

从隆冬的北方来到户外气温二十一二度的海口,即使雨中有清风吹拂,也没有寒冬的凛冽。

很快,我们乘坐上朋友来接我们的车。沿途隔车窗外望,路旁高树一排排,一行行。近看树荫荫,远看雨蒙蒙,车行如穿梭于仙境之中。

坐在女儿旁边的外孙,一见此景,很是兴奋,不停地指点着问西问东。

一个多小时后来到事先定好的酒店,很快办妥入住手续。

第二天，天空依然下着小雨。国强一位朋友王老师，竭尽地主之谊，请我们去喝早茶。借着这个机会，王老师还给我们介绍了海口的地理位置、乘车路线、有名的景区景点等。

原本安排近几日一起外出走走看看。王老师说，即使像这样的小细雨，也不影响大家的出行。我也觉得，细雨中，在绿树下行走倒是蛮惬意，蛮能领略南国风情的。

可是，没想到一天之后，我突然全身起红疹子，奇痒无比，体力欠佳，不得不推迟外出的时间。

到附近的门诊部就诊开药，经过治疗，轻了。

1月18日，雨停了，恰是我们预先安排的行程——乘坐邮轮去越南一游。乘坐的是"中华泰山号"游轮。

去年在澳洲悉尼湾看到过大游轮，虽然我们没有乘坐，单从外观上看，这些游轮都可谓"庞然大物"。

"中华泰山号"游轮内部设施也很完备，我是第一次乘坐有七八层高的大游轮，我们在四层，房间的床铺洁净干爽，很舒适，女儿和小外孙住我们隔壁，挺方便。

晚上六点，游轮启程出发。

果然游轮很稳。因为我有晕车晕船的毛病，来时家人和我都有点儿担心，可今晚风平浪静，我们都轻松了许多。

晚上也休息得很好。

次日早晨起床后，第一次在游轮上望海，也是一大景观，虽然由于阴天无法看到日出，却看见了有"海上桂林"之称的海里的山，乍一看，真像浓浓郁郁树冠起伏的一片树林，很壮观。

上午十点钟，游轮到达越南广宁省的下龙湾市，挺高兴，我一点儿没晕船。

吃过午饭,导游领我们去看了一个溶洞,溶洞里各种各样的岩石千姿百态,有的像各种植物,有的像各类动物,还有的像大水母的样子,只是这水母奇大无比。

我们沿着溶洞里崎岖的小路慢慢地边走边看,无论仰望、俯瞰还是环视,都能见形形色色雕塑般的岩石。

在一个维纳斯般的"美少女"面前驻足细看伸手触摸时,我被震撼了:这凹凸不平,或条状或波纹状的坚硬的岩石,他们该是经历了多少岁月,几万亿次的磨砺,才一点一滴地变成了今天这奇妙的模样呢?想来就觉得好神奇!

下午,还是六点,我们准时乘坐了返回海口的游轮。

打消了晕船顾虑的我,挺轻松。晚餐后,我们和女儿外孙一起在游轮上游览了一阵,挺好。

可是,没想到在晚上九点多,我第一个感觉到游轮颠簸,又听海面传来不大的风浪声,我略感不适。

尽管我以较快的速度回到房间,可还是无法避免晕船的发生:一开始头晕目眩,继而肠胃不适,反胃,恶心等,接着就翻江倒海地呕吐,不仅把饭食吐光吐尽,还把胆汁都吐出来了。除了全身不适,口中还苦不堪言,吐的腹中空空,还是恶心不停,干呕不止,甚至全身发抖。

国强、女儿他们也放心不下,难以就寝,真的没办法。

记得2007年跟女儿在美国波士顿去大西洋乘船看鲸鱼时就晕船,可那才一个多小时就靠岸了,今天,还必须坚持十几个小时呢。可真是挑战了我身体的极限。因为我只要晕车晕船一开始,用什么药都无济于事。

肠胃大清理,又几乎一夜没能入睡,直到第二天清晨风浪才

小了些，可我却没有一点儿食欲。

到了海口所住酒店，已下午一点钟，我已近20个小时没吃东西了。

回到海口近一周的时间，坐下或躺在床上时，仍觉得在晃动，甚至条件反射性地想呕吐，对乘坐汽车都很敏感。

从越南回来后的第三天，按行程安排女儿须带外孙回北京了。女儿不放心，还想让我们一起回北京呢，我说休息调理几天就没事儿了，所以跟国强仍按原计划一个月后回北京。

为了我调理身体，国强安排就只在海口市逛逛附近的公园。

按王老师介绍的，从一个叫明珠广场处走没多远就是海口人民公园，说该公园里有五棵黄花梨树。

我曾经看过鉴宝节目，黄花梨（手串、家具、摆件等）很珍贵，据说比黄金还稀有，我很想一睹此树芳容，看一看如此珍贵的树木长什么样儿。

海口人民公园儿面积350亩之大，公园里的树真多，有阔叶，有长叶，有条状叶，也有满树红花的……

但我们进公园目的明确，就是看黄花梨。

一进公园逢人就问，大部分人顺手一指，说："黄花梨树，在那边儿。"后来问到游览公园的一家三口，他们听后很高兴："啊！这儿有黄花梨，走，一起看看去。"

我们一起终于问到一个当地人，他详细地指了具体方向，并告诉我们，那几棵黄花梨树都是用两米高的铁栏杆围护着呢。

按她说的主要标志，我们找到了黄花梨树。

树上挂着块铁片，写着"降香黄檀"。那一家三口的小女孩儿当场用手机百度了下，然后高兴地对我说："阿姨，这就是黄花梨，它的学名叫降香黄檀。

黄花梨，木质坚实，花纹漂亮，堪称"木之黄金"，还有"世界黄花梨看中国，中国黄花梨看海南"之说，我们自然一睹为快了。

我走到最大的那棵黄花梨树的铁栏外，仔细看它，树高6.7米，树干也有60多厘米粗。树叶也不大，形状有点儿像槐树叶儿。

五棵黄花梨树，只有三棵枝繁叶茂，长势喜人，另外两棵却成了干巴巴的枯木，连树反也被削光了，我不知道这是何人所为？更不知道是谁，是什么原因，剥夺了这两棵黄花梨的生长权利，使他们失去了应有的生机和风采，丧失了供游人观赏和为人类造福的能力。枯树上的树枝被锯断了，裸露着的断面，有的面向天空，有的面向游人，仿佛在诉说着求生的欲望。

我看后，心里很难过，但不知其因，是天灾还是人祸？

作为一名普通游客的我，见此状，还是如此为它惋惜，不知管理者们看后当是何等心情？

原本打算等我身体复原些，好去安定县和三亚看两个朋友。

真没想到，晕船症状调整得差不多时，我却又开始了新"故事"：全身发冷，咽干，咽疼，继而咳嗽痰多，严重到整夜不能入睡，影响国强也休息不好，我很着急。

请医生看过，中药西药都用上，咳嗽还是轻轻重重，眼看来时预订好的往返机票即将到了回京时间，只得让国强自己去三亚看了朋友。而我的一位朋友海仙得知我身体不适，便从30多里的县城乘长途汽车，于中午12点多来海口看我。

我与海仙已有三四年没见面了。一见面就滔滔不绝地说起话来，一边走进就近的白沙门公园，在公园里漫步，聊天儿，并在

那里的椰树下、海滩上合影留念。

海仙怕我体力不支，一个多小时后，她又乘长途汽车返回县城，仅往返路途，就需要用三个多小时。

朋友来看我，来去匆匆，实在太劳累，然后没吃一口饭，没喝一杯水，当我送朋友乘坐的公交车向长途汽车站徐徐远去时，我的双眼模糊了……

今天，我在北京对朋友说，现在我已经康复了，感谢诸位朋友的热情。

其实，海南那儿冬天不热又不冷。本想体验一番南北两地同一季节不同气温的感受呢。

结果，怪我体质较差，紧要关头身体不给力，关键时候掉链子，不仅扫了家人的游兴，更重要的还辛苦和慢待了朋友，真是不好意思，只有由衷地说声"抱歉"。

银蕨树下

  2016年1月,由女儿和外孙陪同,我们来到大儿子的三口之家所在的悉尼。

  到澳洲的第二天,我和国强还处于倒时差时,女儿母子已经精力充沛地去悉尼的一个动物园和水族馆了。

  按照行程的安排,两天后我们离开悉尼,去了新西兰。

  我是第一次来新西兰,但早有耳闻,这是个具有绝美自然环境的国家,是大洋洲最美丽的地方之一。

  来机场接我们的导游是位50多岁的刘姓华人,导游兼司机,讲解开车两不误。

  他驾驶着大巴,载着我们26人的旅游团,在去基督城的途中,介绍着新西兰的地理特点和风土人情。

  基督城是新西兰南岛最大的城市,这里依山傍海,风景秀丽,市内植物公园里的玫瑰娇艳,水仙清逸,为基督城赢得"花园城市"之美誉。

  这里有着浓厚的英国气息,19世纪的典雅建筑比比皆是,体现着壮阔美丽的自然风光的同时也渗透出艺术文化气息。

  导游介绍,这里有滑雪、漂流、风帆、蹦极跳和空中跳伞等各种各样的活动。

  我们虽然都没有去参与,可一听,也能想象到那些活动带给

人们惊心动魄的刺激。

细雨中,导游开车送我们去吃午饭。

可是,饭后,我们却不能及时回旅馆了,导游告知,来时开的大巴车刹车失灵了。

大家一听都惊愕地面面相觑,不无后怕地问:"怎么回事啊?"

刘师傅说,这会儿没事了。刚才我发现刹车失灵时,就没敢跟大家说,赶紧联系换辆车来接大家。

刘师傅的手机响了。这一响,大家都乐了——师傅的手机铃儿声是乌鸦叫的声音。

有位旅客说:"刘师傅,你得换个手机铃儿,你看,这手机一响,你接着说话,这不是乌鸦嘴吗?"

刘师傅也跟着大家笑起来:"嗯,我换个喜鹊叫的声儿,怎么样?"

铃儿声先顾不得换,换的车到了,大家还心有余悸地问:"这回不会出问题了吧?"

司机师傅对大家说:"放心吧,不会了,像这样的意外,少之又少。"他接着介绍说,"这里开车相对都很稳当,而且行驶在偏道上的车,一定得给直行车让道,包括过桥——这儿的桥都修的很窄,所有汽车只能在上面单行,若对面有车过来,都必须得等,所以有时会等好长时间。"

我们乘坐观光火车时,刘师傅就叫我们提前几分钟行动,免得路上耽误赶不上火车。

观光火车确实开得不快,隔窗外望,高山流水,树青草绿,草原上成群的牛羊马匹,有撒欢儿的,有吃草的,有悠闲自得地看火车的。

听司机师傅介绍,这里的牛、马、羊都是很有特点的。奶牛到了挤奶的时候,都规规矩矩排着队,一个接一个,井然有序地前行,谁也不乱走,不知是如何训练的。这里的马都穿马服,因要参加赛马比赛,为了保持毛色光泽明亮,才穿"衣服"的。这里的绵羊都没有尾巴,论说绵羊的尾巴是很大的,正因为如此,人们才把出生两周内的小羊尾巴用剪刀剪掉,后来人们觉得那样太残忍,就用皮筋儿一点儿一点儿勒紧羊尾巴根部,使之切断血的供养,让羊尾巴在不知不觉中脱落掉。乍一听时,我心里有些不舒服,觉得原本长着的尾巴,却人为地给去掉。导游说,是绵羊的尾巴太大,大便时残留在尾巴下的粪便很多,难以清理干净,便容易滋生细菌,导致羊群生病,严重时会危及生命。啊——这也算是两害相权取其轻吧。

两个多小时后,我们到达弗朗斯约瑟夫小镇。

这镇子确实不大,我们在这儿吃过午饭,就可直接去看冰川。这是所有游客都非常期待的观赏景点。

天公也作美,刚才来时还有云彩,云遮雾罩的有些朦胧。可没一会儿,就在冰川上呈现出一片蓝天,那晶莹剔透、高耸晴空的冰川便清晰地裸露出来了。加上对面山上有动感十足、气势澎湃的大瀑布,与威武冷峻的冰川一动一静,一有声一无声地遥相辉映所形成的奇妙景观,令观赏者赞叹不已。

比起高山、冰川和瀑布,越发显现周围镇子的小巧,但各自都有特点,如我们所到的皇后镇,横竖只有五条街,导游介绍,半小时能绕镇子跑三圈儿,可它仍是旅游的好景点儿。

举目望去,街上的行人中有90%以上都是前来观光的游客。它是被南阿尔卑斯山包围的美丽小镇,这里不仅绿树成林,绿草

成茵，还有一个非常著名的汉堡店，据说每天都会有人排着长队买汉堡包，小外孙饿了，女儿也去领略了那分热闹。

从皇后镇乘车约40分钟，便到了格林诺奇天堂镇。这个小镇位于瓦辛迪普湖的最北端，它背靠天然的山毛榉树林和高耸入云被积雪覆盖的高山，确实很美。

彼得杰克逊执导的电影《魔戒三部曲》中的诸多场景均在此地拍摄，也被人们称为"魔戒小镇"。

这里的植被面积很广大，品种自然很多。但据说大部分的树都是从国外引进的，有两种树是新西兰本土的。一种是树干不高，树上长满长五六厘米尖刺的树，这刺是毛利人文身用的，所以又得名"文身树"。还有一种就是被称为新西兰国树的银蕨树。银蕨树的树干高大伟岸，它的大叶子从叶底到叶尖儿呈宽而渐窄，直到叶顶成尖状，更神奇的是它的背面呈银色，阳光下会闪闪发着银光，人们把银蕨视为新西兰国家的标志呢。

沿途我们看了各种各样的湖，蓝盈盈的，清亮亮的，还有一种乳白色，故名"牛奶湖"。但无论湖呈现什么色彩，湖水都是清澈洁净，像镶嵌在绿毯上的各种色彩的宝石。

我们还去看了库克雪山，整个山脉有二十二座山峰，库克山的最高峰，平日里多半由云彩遮掩，雪山像是总被盖着，故而又有一个美妙的名称叫"害羞峰"。

我们去的那天却万里无云，此峰完全露出峰顶，导游也高兴地说："你们真是好运气，这样的好天气，难得一见。"

看了库克雪山，有两位在新西兰家喻户晓的人物不能不提。一位是詹姆斯·库克，他是最早发现新西兰岛，并环岛航行的西方人，他创下首次环绕新西兰航行的纪录，新西兰库克山国家公园就是以他的名字命名的。另一位是埃德蒙·希拉里,他是第一个登顶珠穆朗玛峰的新西兰登山家,之后他还攀登完了喜马拉雅山脉的所有十一座山峰(这些山峰都在海拔6000米以上),完成了穿越南极的征程,还曾经搭乘小飞机前往北极进行一次小小的探险,是世界上征服了"三极"的人——这位具有钢铁般意志的巨人,着实令人敬佩。

在一个名为特卡波的小镇上,有一座如仙境般的教堂,教堂的近处有静静的湖泊,周围是青草绿树,远处则是壮美的南阿尔卑斯山。教堂很小,其建筑材料全部就近取用,由岩石垒砌而成,面积不过30平方米,房间内仅摆放着几排条凳,显得简洁而肃静。所以,这教堂也跟湖泊、山川和草原、马、牛一样令我难忘。

回望新西兰之旅,仿佛略显匆忙,其实看的景区挺多,印象也很深刻。

旅途花开

第二次澳洲行

（一）石洞里的星星

2016年的2月2日，我们来到澳大利亚的黄金海岸。

这里是我们出游以来最热的地方。

近午时分，我们去了黄金海岸主题公园，在那里观看了各种动物（羊、狗、马等）的表演，小外孙看得很开心，跑得满头大汗也不说热。

在另一个宽敞的广场，我们还看了摩托车和汽车的惊险特技表演，可谓惊心动魄。

只因天气太热，女儿又要照顾着大人、孩子，在演出结束时，她中暑了。幸好有服务人员及时送女儿去了附近的医务室。

医务人员很负责，让女儿在床上躺下休息，又送来一杯降暑的药液给女儿喝了，并告诉我们说无大碍，休息一会儿就好了。

谢谢大夫，女儿果然很快就恢复了体力，便继续带领我们出发了！

当天晚上，我们乘坐旅游车夜行山路来到一个大石洞，就是这里的萤火虫洞。

其实，此萤火虫跟我们见到的萤火虫不是一种。据说，全世界约有2000种萤火虫呢，大多分布在热带、亚热带和温带。根据专家的统计我国已发现的萤火虫种类有 100 余种。这里的萤火虫我也不知道它具体属于哪一种,据解说员介绍此萤火虫体长 3~4 厘米,直径约 0.5 厘米,它不飞不动,只管在夜里发光。

走进洞里,当我们全部关掉小手电筒时,大家一片克制的惊叹声。因为整个洞顶出现了最美妙的奇观:点点亮光,闪闪烁烁,真像晴朗夜空中的繁星。

解说员说,它们能如此晶莹明亮地发光,必须具备三个条件:一是潮湿,二是阴暗,三是氧气要充足。这三个条件,这里都可以满足,因而它们才得以生长,大放光彩。

我们踏着潮湿的山路,吸着充满氧气的清新空气,随旅游团的队伍缓步于洞内外,漫步于树林中。果然,连刚才来时我有些晕车的感觉,此时都已经消失了。

待我们乘车回到旅馆时,已经是深夜 12 点,可我那小外孙竟然一直精神抖擞地不言困。

(二)大堡礁的珊瑚真的少了吗?

之后,我们一起去了凯恩斯的大堡礁。

单从看珊瑚的角度而言,坦率地说,有点儿失望,和四年前我跟红儿和震震孙儿去时的海底情景相比有了不小的变化。

上次我乘坐海底船所观赏到的缤纷水世界,这次已经逊色不少,包括这次女儿丹丹潜水上岸后,也说:"感觉远没有二哥和侄儿四年前来时描述的那么精彩。"

也许是我们选的景点不同,是这一段珊瑚不好了?可是最近,我在报纸和相关资料上都看见有关气候变暖加剧珊瑚白化的报道,并说大堡礁已岌岌可危。澳大利亚研究理事会珊瑚研究人员也说:

已经发现大规模白化导致北部和中部区域约 35% 的珊瑚死亡，或濒临死亡。读后令我大吃一惊，按照如此的比例，大堡礁的珊瑚，单从游览者的视觉上也会明显感觉到它们的减少了。

我们人类能为挽救它们做点儿什么呢？

（三）夏日里度春节

2月6日，我们乘飞机回到悉尼，和在那里的大儿子一家三口，第一次一起在夏日里度春节。

我按照咱们传统的过春节的方式，正月初一包了饺子，说过年吃饺子了！总也是从小到大都是冬季过春节，今年在夏日过大年，确实别有一番感触。

在咱们国家，为了便于大家春节期间走亲访友，外出游玩，国家规定时间做些适当调整，前赶后凑，凑个春节七天长假。

这里显然不同，我的儿孙们依旧正常上班、上学，还有我孙儿课外参加些自己乐于参与的活动。由儿媳开车送他参加花样滑冰（孙儿宇在少年组比赛中获得了澳大利亚冠军呢）或足球训练，这些活动都是一直坚持的，挺忙，倒也挺有规律，不能打乱孩子已经规律的安排。所以回家后，也想让他尽可能按时吃饭，按时正常作息。

所以，即使在咱们春节期间，也很少能坐在一起长时间聊天儿。

女儿和我小外孙在澳过了夏日的春节后，母子俩回国该准备上班上学了。

我和国强仍在这里继续过夏日的春节。

春节在我们的传统观念中，就是最消遣最悠闲的时候。我又是前一阵外出旅游才回，便有一种自然放松的心态。

有一天下午,天晴得像洗过一样的蓝,又是已过了正午正热的时候,清风吹拂,送来阵阵凉爽。

　　儿孙们各自去忙,这时,国强也在睡觉。我便一个人下楼到儿子后院的泳池旁看了一阵儿花草,之后独自出门散步。

　　从儿子家门出来向右拐,走过了那棵两个小朋友合抱都抱不住的大桉树,过一个路牌,向右沿着花草镶边的小路,朝前走了一段儿路,便又向左拐,这都是我们曾走过好几次的路,那里有一个我们跟儿孙们一起去过的比萨店,再向前走过一条街,便可见不少超市、店铺,前几天过年时,我们还在那里一个肉铺买过肉馅儿。

　　天空晴朗,空气清新,我享受着春节时应有的休闲,便走走停停,停停看看。

　　不觉间,已到了夕阳西下时,我决定往家走。

　　可我哪里知道,我才从家出来没多大工夫,国强就醒了。见我没在家,猜想我反正也走不远,可能很快就回来了,手机也在桌上呢。

　　可他也不知道我那时才出门,因为我的方向感较差,对道路又记不好。等到天色将晚时,加上我又人生地不熟,他有些不放心了。

　　下楼看见儿媳和孙子也已经回来了,儿媳在厨房已把晚饭做好,说孙儿在他自己的房间里。

　　国强有些沉不住气了,说不知道我啥时候就出去了,到现在也没回。

　　这下子热闹了,他们三代人全部出动找我。

　　当我们在街口相遇时,大家才松了一口气。

我这才知道，我的孙子小宇在另一条道上走了一大圈儿找我。

国强还说我，再不回来就准备报警了。

让我真的无语。

我说，国强不该这样一惊一乍、大惊小怪。其实我也说自己出门时，应带上手机或写个纸条丢在家里。

晚上，大儿子回来说："妈，亏得我下班回来得晚，要不然，找您的队伍中又会多一员。"

我们都笑了。

我说，都怪我想事不周，让大家为我担心了。还有辛苦我孙子小宇，在忐忑不安中找了我一大圈儿。

这也是夏日春节中的一个小小插曲。

（四）点滴之悟

三月初，这在咱们北京，供暖还没停，天气还算冷，而今我在澳大利亚出门上街都穿短衫薄裙。

今天又是万里无云，阳光灿烂。

近午时分，我和国强一起沿着近些天走过数次的海湾大桥向西走着。

从这儿向东，我们去看过绿树成荫的公园，向南去看过中国城的一家大超市，向北则去看过闻名遐迩的悉尼歌剧院。今天朝着这个方向走，还能看见些什么不一样的呢？

总是闲适游览，我们从从容容地步行。

下桥后，走过三条街，随意走向右拐处的一条大路，这里有一座很长的过街天桥。

在大桥斜对面的右侧，是开发已久陡峭的山崖，山崖上块块石头凹凸不平，上面都是潮乎乎、黑黝黝的苔状物，看上去并没有什么光鲜与美丽。可它悬崖峭壁，高峻醒目，彰显着历史进展的变迁和岁月所留下的痕迹，给人们带来沉思和遐想。

我站在路旁的山崖下，竟然发现在高高的石缝间，有不少裸露着的树根，这树根只有一小部分扎根土壤，处境如此艰难的树根上，竟长着一棵一棵枝繁叶茂、大小不等的树，树干多是倾斜着，有的朝山崖靠拢，有的则伸向路旁。明明长在石缝里，却棵棵长得精神又精彩，好像一个个技艺精湛的杂技演员，在高空摆出各种高难度的POSE，惊险而优美，不仅美化着这平地里赫然陡起的山崖，也使之在阴暗潮湿的地方竟青衣侠士般岿然傲立。

我不知道是苍天赐予这陡峭山崖育树长木的柔情，还是树木的坚忍不拔、顽强不屈使然。

我久久地仰望着裸露的树根和树根上的各种姿态的树，不禁心生感动。

直到国强过来说他有点儿饿了时，我们方原路返回。

原本打算在来时看见的一家中餐馆里吃午饭，走到这时见餐馆门已开，里面就餐的人真不少，被告知，抱歉，今天只招待旅游团。

我们便在路过的一家超市买了蔬菜、瓜果和奶类。我和国强每人提了两兜儿，自然也不便再走太远的地方找餐馆了。

要说离得最近的当属我们的住处了。便和国强又去海湾桥往住处走。

今天，街上的行人和车辆都不显多，倒是海面上的各种船只比往常多了不少，兴许是出海的船只也定时回海湾休整吧。

各种颜色不同、大小不等的船只与港湾桥边高高飘扬的各种

彩旗相互辉映，场景蔚为壮观。

我们一边观赏景致，一边登上了桥，顺桥自西向东而行。

桥中间聚集了不少人，好像是在围观什么，我还没见过这么多人停留在桥中央呢。

走近一看，原来桥上的行人是被两边的护栏阻挡住了，而护栏间七八十米长的海面露出来，阳光下的海水涟漪层层，缓缓流荡，就见旁边有个"巨轮"正慢慢游来。

我这才知道，不是"巨轮"，是被移开的一段大桥正在复合。

我顿然兴奋起来，前几天跟大儿子走在这时，他给我说过这座大桥是能开能合的（有大游轮通过时电控开合），可是我们来了一个多月了，还从没见过大桥的开合。我曾在大桥上走来走去，还特意观察，可也没发现哪里有开合的印迹。

今天，却无意中碰见了大桥的开合，挺开心。

"断桥"缓缓移动，旋转90°后，竟变魔术一样，恢复成了光光整整的大桥，随之，护栏也移开了，大桥上又一点儿痕迹都没有，人们继续在桥上行走，游览。

这大桥太神奇了！太巧妙了。不知道经过多少位桥梁专家反复钻研，最终才把如此庞然大物发明创造得这般美妙无比。

我们慢慢地走下桥，又想到刚才看到山崖间露根的树，二者联想，偶有所悟：无论怎样艰难的环境（条件），也有生命在奋斗中获得生长！无论怎样的科学难题，总会有智者攻破。

一路春风景无限

2012年3月中旬,国强的几位老同学相约各自带上夫人到昆明,一起南行旅游。

一说去昆明,我就想到明代大文学家杨慎的诗句:"天气常如二三月,花枝不断四时春。"

其实,相约所到之处,我都没去过,但我首先想到的还是昆明的石林(云南石林)。

倒是组织者匠心独具,却卖关子似的,先不在春城多待,而是由远而近再回昆明作为压轴儿。

由于大家多已古稀,时间安排的也不紧,先休整半天,次日才乘火车去了大理。

带着清晨的凉爽,我们一起走出车站。

当地的导游已在站外等候。

导游是位二十一二岁的姑娘,她热情地领我们上了中巴旅游车。

大家坐好后,她又不乏幽默地自我介绍:"我姓郭,白族,但又不是纯种白族人,母亲是白族,父亲是汉族。"车开动了,她接着说,"这里称帅气的小伙叫'阿鹏',叫美丽的姑娘",她指着自己,"像我这样漂亮的姑娘就叫'金花'。"导游活泼开朗的性格使车上的气氛活跃起来。"好,金花!"我们朝她喊起来。她又说:"你们要是看我很漂亮,就叫我赛金花,要是看我长得很

难看，就叫我狗尾巴花啊。"

我们都笑了，大声喊："赛金花，赛金花！"

我们按导游所说当地男青年黑黑胖胖的、强壮小伙儿是帅的标准，就叫开中巴车司机师傅"阿鹏"。

小伙子听后黝黑的圆脸上堆起开心的笑，连声说："谢谢，谢谢。"

次日，阿鹏开车带小郭导游去酒店接我们，去了被称为大理（古称叶榆）文化象征的三塔，即千寻塔和南北小塔，三塔浑然一体，不仅气势雄伟，还具有古朴的民族风格。

大理自古就有妙香佛国之称。早在公元8世纪就与印度及邻省西藏、四川有文化交流，佛教传入较早，有诗云"叶榆三百六十寺，寺寺半夜皆鸣钟""伽蓝殿阁三千堂，般若宫室八百处"，都是大理佛教兴盛、历史悠久的真实写照。

距大理古城五千米是"感通寺"，它背靠着四季积雪的苍山，面对着烟波浩渺的洱海，有山有水寺在其间。

据说，大诗人、书画家担当和尚的晚年长住感通寺，他因为仰慕曾在感通寺住过二十余日的明代著名学者杨升庵，便有了"名士高僧共一楼"的千古佳话。

走在一个村镇上，我看见不少妇女用筐子背土，也有筐里背着个小孩子，可系着筐子的带子不挎在双肩，而是勒在前额，我很纳闷儿，紧走几步，问一位背筐的妇女："你的额头勒的不疼吗？"

这位妇女停下来，笑着对我说："不疼，勒在额头上的带子是加宽的。"说着，还低头给我看。啊——我笑了。

离开大理，我们去了美丽的丽江。

丽江是个多民族居住的地方，有彝族、白族、纳西族等民族，这里的导游就是位美丽的纳西族姑娘。

她介绍说，丽江市是与同为第二批国家历史文化名城的四川阆中、山西平遥、安徽歙县，并称为保存最完好的四大古城。

这里街巷多幽深，道旁有溪流，溪边垂柳翠，柳下游人走，真乃水乡之容，古城之貌，美不胜收。

在我们入住的酒店前，有个不停转动着的木制大水车，这对于路盲的我来说，帮了大忙，因为这里地方不大，只要说酒店门口的标志——大水车，人们就定能指明我回酒店的路。

我刚来丽江市时，远远地就看见皑皑的雪山了，可等住进丽江酒店，再看雪山，还在我们前面，可见山之高了。

来到丽江是一定要登这玉龙山的。

因为丽江原本就是高原，所以我们登上玉龙山 3000 米处时，也没感到不适，只是气温较低。

我们没有登上海拔 5500 多米的顶峰，是在一个叫"云杉坪"的地方停下来的。

就是站在这里也可仰望到群峰耀眼、雪峰皎洁、冈峦碧翠、山外有山的迷人景象。

午后，我们又去观赏我国最深的峡谷之一——虎跳峡。

峡谷两岸高山耸峙，谷坡陡峭，我们走在木质的栈道上，仍能看到山石层叠，犬牙交错，蔚为壮观。

下面的金沙江水湍流不息，汹涌澎湃，谷岸处的那只"老虎"则永远一付勇猛的跳峡架势。

峡谷就在玉龙雪山和中甸山之间，自然构成一副气势磅礴的画卷，游人们在这儿合影拍照、游览观赏。

按照行程，我们还观看了"印象丽江"的演出。

这是一场大型实景演出，场面很震撼：蓝天白云，高高的雪山以及巨大的红色舞台相互映衬，又在海拔3100米世界最高的露天舞台看演出，这是头一次。

演员都是当地质朴的农民。他们的表演纯朴，奔放，几百位演员骑着真马在巨大的舞台上驰骋，声势浩大，势不可挡。

还有演员敲着硕大的圆鼓飞奔着跑下舞台，在一排排观众的座椅间穿行，观众报以热烈的掌声，跟舞台上飞马奔驰遥相呼应，真是一场洗涤灵魂的盛宴，仿佛600年前茶马古道上"山间铃响马帮来"的震撼再现。

情绪尚未离开印象丽江，我们却已经又来到西双版纳。

这里的气候好像长夏无冬，我每天就只穿薄衫纱裙。

这里有一个野象谷给我也带来了一些惊喜。因为有人说，如果能在野象谷碰到野象出没，比中大奖还难，可是我们这一次撞上了，是从高空索道上看见的。在那河谷纵横，森林茂密，一派热带风光的高空，能看见一头慢悠悠地走在树林间的大象，挺高兴。只是那头大象有些消瘦，我不免为它担忧，但愿它能慢慢地健壮起来。

在西双版纳的热带雨林中，又见到曾在澳大利亚大堡礁所看到大雨林中的一种怪现象：有一种树，被另一种树缠绕着，覆盖着，大有取而代之的趋势。

今天，我看了有关说明，才明白，植物界称之为绞杀现象。是一种树的种子被鸟儿食后不化，或以别的什么方式丢出去，接触到了别的植物，这种植物便成了寄主，由此，使种子发芽，生长，逐渐长大，把那个寄主的躯干紧紧包围，吸尽它的营养，使之日益干枯,直至死亡。一开始我还为寄主鸣不平,其实,这是大自然赋予它们的天性,每种植物、动物都各自有生存繁殖的方式和特点,人类只能尊重它们。

从西双版纳回到了昆明,终于可以去看那美妙的石林了!

果然,我一走进石林,就惊叹不已。如此天造奇观、绝妙的画,全是岩石,却个个惟妙惟肖,栩栩如生:犀牛望月、观音石、悟空石、八戒石、沙僧石,这太神奇了!全是岩石,却有各种形态任你想象。有一个人头戴皇冠,真的很像英国女王。还有的像树,像山,像各种人物、动物和植物,给我们带来无穷的乐趣。以至我们回到酒店,大家还对这巧夺天工的石林赞不绝口。

把石林作为这次旅游的压轴之作,真可谓是锦上添花之举。

旅途花开

细雨润花

2014年4月13日。

细细的春雨轻轻地洒落。

我们所住小区的居委会组织本小区住户去游览北京市植物园。

通知上午九点出发，一辆大巴车就停在我们小区东门。

我和国强8：40下楼。其实从我家到小区东门也就三两分钟路程，只是想早点儿去，免得让大家等。

结果他们基本到齐，大概也都不想让大家等。

我们在车上指定的位置坐下。

带大家去的服务员按照报名单上的人数核对，确定不缺谁了，便准备出发。

我正好坐在靠车窗处，隔窗看到路旁的青草绿树，春意盎然的景象，在细雨的滋润下格外鲜亮。

车刚开出没多远，我就听到车厢里有歌声。扭头一看，原来是刚才给大家点名的女服务员在唱。

我感受到了她的热情。

果然，她这一唱，顿然打破了沉闷，车上有几位长者也随之和声唱起，是蒋大为的《在那桃花盛开的地方》。

就这样一路细雨一路歌，不觉就来到北京植物园。

下车后，在园门口，服务员讲了游园时的注意事项和回去时的具体时间、集合地点,并把她的手机号码和大巴车的车牌号都告诉了大家。

天公也作美,此时细雨渐停,适逢这里的桃花节,所以一进公园门,就走入千树万树的桃花织就的云锦中了,宛如走进陶渊明笔下的桃花源一样:"忽逢桃花林,夹岸数百步。"

游人不时驻足观赏,舍不得太快离去。

在一个千年古柏的长廊里,我遇见了那位年轻的服务员,她戴着一顶运动帽,若不是她主动打招呼我倒认不出她。

在她的介绍下,我们去了这里的卧佛寺。

据说,该寺距今已有1300多年的历史,是北京现存最古老的寺庙之一。是大乘佛教唐代禅宗的皇家寺庙,清朝雍正皇帝称其为"入山第一盛景"。唐贞观十九年,玄奘法师从印度带着大量经书和佛像回到长安城,据说唐太宗李世民率领数万僧人出城迎接,此后中国掀起修建寺院的高潮,当时有人在今天的北京西部修建了一座寺院,取名"兜率寺",这座寺院就是卧佛寺的前身。

走进寺内,看见有一尊54吨重的铜制大佛,慈眉善目,体态丰腴,安详地侧身卧在佛台上。

从寺内走出向右拐,就上了楼。这里是个热带植物园,丛林密布,阔叶低垂,各种各样的花草树木都长得非常茂盛。

其间有喷泉高柱,瀑布倾泻,展现出北方植物园林的独特魅力。这在原本不是热带地区的北京,能有如此园林,已经实属稀罕。

旁边不远处的地面上,有十颗硕大的仙人球,每一个仙人球的直径都有五六十厘米,圆圆大大、满球是刺,底气十足地长在地上。

据说,这是我国最大的一组仙人球,前来观赏的人无不大声

惊呼："哇！这么大的仙人球啊。"

其实，仙人球的故乡在南美洲，原本长于高热、干燥少雨的沙漠地带，没想到在北京的植物园中也能长得如此硕大。

我还在细看时，听见国强在喊我，说他看见了一种奇妙无比的花。

我非常好奇地走过去，一看，有几棵树上的花果然奇特，黄白相间，我第一眼看见，首先想到金银花，可细看，又不是。

金银花初开时是白色，后来就变成黄色，不像此花的花朵儿这么大，并且黄白颜色在同一花朵上，颜色的分布又那么清晰、均匀、规则可辨。

我正想找位服务人员询问此花的名字，却在另一株树上挂着的小纸牌上发现了——鸡蛋花。

曾经听说过，此花原产于美洲，它适合在湿润和阳光充足的环境中生长。在我们国家的广东、广西、云南、福建等省区都有栽植，今天我还是第一次看到这真花儿。

此花真的很有观赏性，整株树都显得婆娑匀称，自然优美。花朵有五瓣儿组成，花瓣的顶端约 1/2 是白色，像蛋清，中间则是又圆又黄的"蛋黄"，好别致。

不知道它给多少观赏者带来惊喜，也留下像我一样惊奇美妙的印象呢。

近午，我们在定好的地方看到了来时乘坐的大巴车。服务员想得周到，待聚齐后，给大家在园门口"排兵布阵"，合影留念。

人人带着一身清香和芬芳，个个脸儿笑的花儿一样。

她缺了点儿什么

今天，我从石家庄回到北京。

可这次来回的乘车经历，有点儿特别。

去的时候，我坐在车厢的最前排，在我的座位前恰是一个比较宽敞的地方，据说，是供行动不便的人放置东西的，可是车开了没多大工夫，却有两个结结实实、健健全全的年轻人搬来三个硕大的皮箱，正好放在我座位前边的空地上。

这一来，我前边本来挺大的地方，倒比正常座位更显拥挤了，只是三个箱子静静地放在那儿，我也不介意。

回北京的时候，我买的票却是车厢的最后一排，这一去一回，座位一前一后，反差有些大。

去时，我前边是不声不响的大箱子，而回来时，坐在我前排的是位能说会道、嗓音洪亮的女士。

这前后一对比，也算是个反差吧。

我从座位的间隙，能看到那位女士的后脑勺儿和一侧的肩膀。她留着很利落的短发，穿一件粉红色的大花白底短袖衫，手雪白雪白的，甚至有点儿像白癜风那样白，不过是均匀的白。她叫电话时，手一直放在耳旁，相比之下，耳朵有点儿暗。

听她说话的声音，我估计她的年龄在三十大几的样子，说话的音量却高八度："哎，我告诉你，公司这笔订单不小，你一定

负责到底！"她一直用命令的口吻说话，"听着，有问题分析问题，有困难解决困难，办妥事才是目的！嗯。好，好，就这样！"

她很果断地挂了电话，随即又拨通另一个电话，依然是领导者的语气："小李呀，你去了吗？得去，不去不行！他再急，你不能急，要有耐心，听见了吗？啊，就这样。"

她挂断这个又接通一个，但后边的语气好像稍有一点儿缓："啊？你给兰兰叫个电话吧，她生我的气了。我给她叫了两次电话她都不接，我决定不再给她叫了，起码这几天会议期间，我不会给她叫……啊，哈哈哈……"

她的笑声爽朗而充满自信。

我这个人最不爱听别人不是说给我听的话了，可由于这样的环境和空间所限，你不听都不成啊。

还好，后来她又叫了好几个电话，也不知是有人给她提醒了，还是她要说的话不想让人再听了，反正后来叫电话的声音放低了。

坐在我里边儿的一位大姐，刚才去打开水，一大会儿才回来（我不知道她是不是实在不想听她叫电话才去打水的），这时，她见前排那位女士叫电话压低了声音，朝我笑了笑，低声说："看这多清净。"我也笑了笑，看看前排还在低声叫电话的女士，心想：你这一路可够忙的。

我旁边那位大姐坐下来后，用一只手遮着嘴，又小声对我说："刚才那一阵大呼小叫的电话，是真的还是假的都不好说。"

我笑了笑，没吭声。

其实，叫电话的真假我不妄加评论，只是在公共场合如此的大声喧哗，着实欠妥。你想啊，从家里出来坐上火车时，恐怕谁也没想到，旅途中会被强迫列席参加毫不相干的"电话会"。

难怪刚才女士大声叫电话时，周围有好几个乘客都有些躁动，或不时地看她一眼，或有意咳嗽一声，潜台词在说：有能力，有气魄，运筹帷幄的人也大有人在，可很少用如此的方式，表达他的呼风唤雨的能耐。

恕我直言，这位女士，若真的是精明强干、足智多谋的女强人，我表示欣赏。但是如果能把缺了的那点儿什么补上，你会更完美。

梦的地方

　　曾经去过一个地方，住的虽短暂，却留下很深刻的印象。说不上有多么好，或有多么不好，只是很难忘，无论是异国或他乡。

　　蓝天白云下，那山，那树，那河水，那草原，很美，很浪漫。

　　我曾在山旁的草地上仰面而卧，看白云飘动，飞机飞过，接受着阳光的沐浴，暖暖地看景致，就像看穹幕电影一样。

　　一个太阳才偏西的下午，天阴了，女儿在那座山下听山上传下来的乐鸣和歌声，我和几位朋友就停在所乘车的旁边，看见云层厚了，便唤女儿过来，怕下雨淋着她。

　　果然，我们刚刚坐上车，雨就下来了。是倾盆大雨——哗哗哗！打在车顶和玻璃上，车身上甩着水，在满是水的路上奔跑，可是我没有一点儿害怕，也没有想，万一雨越下越大可如何回家呀。仿佛也没顾及，我所坐的是在雨中的旷野上奔跑的车。

　　大概是觉得，反正一车人呢。

　　我还跟女儿又说又笑，隔着淌雨的车窗玻璃向外望呢。

　　真的挺有意思。云和雨就像跟我们的车逆行着跑一样，它跑过了车顶，从车顶的后端向远方跑去，跑远了，雨停了，太阳露出了脸儿，红艳艳的鲜亮。

　　晚上，住进一个小镇旅馆里，简单，简洁，很实用，跟我想象中差不多。

晚饭在一个不大的餐馆里吃的，这里的服务也很周到，别出心裁地弄出个趣事儿：餐厅给每人免费赠一个小小的油炸小面食儿，有圆的，有方的，有三角形和菱形等等，五花八门儿。

主要是每个小面食里都在炸之前包进一个小纸条儿，上面写着各种各样的话，有的是说人的性格，有的说的是运气等等。带着一点儿好玩儿，透着一丝神秘，每个食客都独自打开，独自看。

我的小纸条上写的那句话令我很开心，也叫我非常振奋和欣慰。在这里，我不要把它说出来，我要保守这个秘密，让这句话带给我美好的永存。

次日中午，我们走进一个很奇特很别致的公园，面积不大，却很有特点，它的大门是用鹿角建成的圆洞形状的，是真的鹿角，又那么多，不过那不是杀戮得来的，而是因为每年冬季会有大批的麋鹿来这里建造的鹿保护区过冬，这时的鹿角便自然脱落而留在保护区内（有点瓜熟蒂落的意思），人们把它们收集起来。因为这样自然脱落的鹿角已经失去它的药用价值，人们便用鹿角砌成这独具一格的鹿角门。我看见那么多的游人纷纷在此园合影留念，永恒便存于这瞬间。

走在大街上，住家院里的红果树，精神抖擞地将枝头伸向墙外，看果儿那么红，那么稠，那么沉甸甸地压低枝头，丰富又点缀着街道。

走到这里的人随便一伸手，就能摘到那红艳艳水灵灵的果儿。可是，无论大人孩子，谁从这儿走过，都不曾伸手摘一个果儿，而是带着观赏的喜悦，悄然走过。

我们去图书馆时，也都是这样走过。

周日，我和国强跟女儿丹丹一起去图书馆阅读，那里非常安

静,整晌都这样。

我们自带食物和水果,在馆外的阳光下,坐在条石上吃面包,喝酸奶,别一番逍遥。

街上走动的人不多,路旁停放的车不少。

路旁的桐树上长满小扇一样的大叶子,在轻风中飘摇,发出动听的叶之歌。

静静的河里淌着清凌凌的水,水里浮着一群绒呼呼、毛球球一样的小野鸭,它们生怕掉了队而使劲地游动,紧紧跟随在母鸭身后。

河边儿有青青的水草在水中荡漾,无论有没有风波,它都在飘动。河岸上有好几棵又高又大的橡树,树下是绿油油的草地,草地上有不少散落着的橡子,挺好玩儿,我捡起几个拿给女儿看,女儿拿在手里仔细地端详一阵儿,高兴地递给我:"妈,你看它头上的小盖儿像个小帽儿。"

我们在那片草地上玩了飞盘,女儿飞盘扔得很高很远。

来到一个学子们无不向往的学校,其建筑也别致,有倒着的,有斜着的,那么美观,又那么牢靠。我和女儿以及女儿的同事一起去这个学校游览,坐在学校的草坪上,一边观赏一边交谈,直到太阳偏西时我们才离开。

又一座谓之世界顶级的学校。我的女儿有幸来到这里深造,为她骄傲。

校院有些古朴,又有些现代,看起来有点儿不起眼,但感觉很不一般。

坐落于礼堂前的一个谓之"三个谎言"的雕像(此雕像并不是此校的创造者本人像,哈佛本人并非哈佛大学创造者;哈佛大学成立于1636年,而不是1638年),也并不会动摇此校的实力和地位。

此校的校训为:让真理与你为友。

一走进这个学校总会有触动,仿佛觉得就在这校园内走动的同学中,不知道哪一位就会成为诺贝尔奖获得者,说不定哪一位就可能成为国家的总统,没准儿哪一位就可能做出改变世界的事情。

走进此校博物馆,更是琳琅满目,样样奇观,矿物的亮光闪闪,植物绘画得传神且活灵活现,还有那难以描绘的绝技——玻璃花,即使你站到最近处,都难以看出哪儿有玻璃,只看到光彩夺目、美轮美奂、栩栩如生的鲜艳花朵儿。每一个花瓣,每一个枝叶,都惟妙惟肖,甚至有一种亦真亦幻的曼妙动感。这个场景也都记下了,不会忘,跟女儿时常说起。

女儿的住处,简洁朴素而温馨。

在室内时,常听到窗外街道年轻人欢快的说话声,尽管听不清他们说的是什么,倒能感觉到他们的心情,能想象出他们走路时的姿态,还有他们交谈时的模样和脸上带笑的表情。

我们走在大街上,无论是白天或傍晚,会听到歌声,弹奏的吉他声和敲打的各种鼓声。

好奇地走过去,原来是街头的艺人各尽其能,亦娱乐亦创收,见他们亦付出亦享受。我环视身旁,除了我先生、我女儿,没有别的熟悉面孔。

晚饭后我们和女儿一起走出超市时,明月已经挂在高空,天空晴朗,圆月明媚,街道上没有太多行色匆匆的人,少了一分喧嚣,多了一分安静。

也许是暂时的居住，更可能是跟女儿、家人在一起，仿佛只觉得超脱、安逸，尚未感觉到有孤独之情。

我在想如果我是长期住在那里呢？不知道是否还犹如梦？还是有意境，有氛围，还是但愿不是梦……

借一缕春风送我一片心意

又是一年春来到,更是令我思乡时。

恰在立春之日,我在一个刊物上看见"散文沙龙"一词。

她给我带来触动,仿佛顿然觉得,原来有件事,一直都在我心中。

十七年已经过去,今天想来仍然记忆犹新,宛若昨天。

那一年,我已经到了退休年龄,有一天,突然在邯郸市报上发现一则"散文沙龙"的消息:每月的最后一个星期天是"散文沙龙"的活动日,爱好文学者可以参加。

这则消息应该不是第一次刊登,但是我是第一次看到。正值我将退休,很及时,因为我喜欢文学,若能参加"散文沙龙",不仅能满足我的爱好,更能充实和丰富我退休后的生活。

我按照报纸上写的地址,乘坐公交来到中华大街,在市政府大院内找到了"散文沙龙"室。

第一眼见到在座的人,我有点儿蒙,当中没有一个我熟悉的面孔。

经过自我介绍和相互介绍后,得知这里有好几位先生的名字,我早已经在报刊上看到过,并多次拜读过他们的美文。

我没想到,在这里能和他们相见,相识,还听他们热情地给我介绍"散文沙龙"活动的宗旨和内容。

原来，只知道他们的文笔了得，没想到他们都是那么和蔼可亲，平易近人，令我倍感亲切，也颇感意外。

这一天，也是我第一次见到负责"散文沙龙"工作的李主任。李主任还特意把我介绍给大家，大家都鼓掌对我表示欢迎。

由于我初来乍到，又不善言辞，一时也不知道说些什么，只是站起来点头致谢。

活动按照程序开始，当进行到互相交流文章的环节时，我甚至很感动。整个氛围是那么宽松、认真，读文章者和听文章者都那么认真而仔细，连一个低声说话的人都没有。接下来由大家对读过的文章进行讨论和点评，大家讨论得很热烈，自始至终，充满爱护和尊重、气氛融洽、真诚。"散文沙龙"像个大课堂，又像一个和睦的大家庭。在缕缕阳光般的温煦下，大家互相学习，互相勉励，共同进步。

我第一次来参加，就有浓浓的融入感，有着和他们相处的开心和高兴。

从那一天起，每一个月的最后一个星期日，我都会按时来参加"散文沙龙"，也很快感到，在这里不仅能学习写作技巧，也能为交往认识这么多朋友感到高兴。

几个月过去了，我也想把自己的习作读给大家听，李主任为我安排了时间。

习作的题目我已经忘了，内容是一篇回忆，刚开始读，我有一种"丑媳妇见公婆"的心态，可他们的真心诚意无言中感染、感动着我。逐渐的，我就像给自己的兄弟姐妹倾诉心声。所以，读着读着，我还哭了，可他们没有人笑我脆弱，课后还都鼓励我。

很快，我到了退休的时候，虽然单位返聘了我，可这时，我的孙子在省城降生了。这一喜讯,令被"升级"为奶奶的我很是激动,我辞去了原单位对我的返聘,去了省城。

略显匆忙地离开了我生活、工作了十八年之久的成语之乡、散文之城邯郸,离开了参加了六个多月的市"散文沙龙",走之前都没顾得上跟在"散文沙龙"的良师益友们挥手告别,道一声再见。

当时,并没意识到和他们相处时是何等的珍贵,也没意识到未作辞行有多么欠缺,可随着时间的流逝,却越发感到参加"散文沙龙"活动其间收益颇三,是在"润物细无声"中,我学到很多,无论文学爱好上,或做人方面,我都受益匪浅,越发因不辞而别而心怀歉意。

曾经想过,我的家乡在那里,总会有机会去看望他们的,可十七年过去了,每每回家乡总也来去匆匆,或赶不上"散文沙龙"的活动日,一直也没能如愿。

今又春暖花开,春风微拂,我要借一缕春风送上我一片心意:由衷地祝愿家乡的"散文沙龙"四季如春,百花齐放,并向始终耕耘在那片园地曾帮助过我、鼓励过我的良师益友们道一声"谢谢"!

庙里的老奶奶

至今我还记得，从我家东开的大门向左约50米处，有座坐北朝南，两间大小，房顶有瓦的庙，进庙时还要上好几个台阶。

在当时，我们村都是土坯房的时候，此庙倒是显得与众不同的"高高在上"，庙屋的前边房檐儿还伸出约两尺，罩着庙门的地面和庙门两旁仅有的两个小窗户，越发显得庙内深沉，带着几分神秘。

有位老奶奶，独自住在这庙里，我不知道她姓什名谁，只知道村里人都叫她庙里的老奶奶。老奶奶长乎儿脸，黑皮肤，脸颊上的酒窝已经向上下两端延伸成两道深深的纹。她有一双细长的眼睛，笑时双眼就眯缝着，显得挺和善。

儿时的我觉得她就该住在庙里，在我幼小的心灵里，庙就是人们烧香拜神磕头还愿，积德行善的地方，这些跟老奶奶很匹配。

她虽然一直一个人住在庙里，可不孤单，她有自己的事——煮蚕豆卖。也许因她卖蚕豆，也许因为她人缘好，一天到晚总会有村里人来她庙里串门儿。

一进来，屋地不大，进门靠后墙却有个不小的、东西长的炕，炕上放着盛煮蚕豆的篮子，篮子固定放在炕和一个成90°拐角连着的南北长的长方形石台儿，篮子像是二者的分界。

炕上放的是被褥、衣服还有针线筐等等。整理的还算齐整，可跟篮子另一边的石台儿相比还是有些混杂，也许是石台上收拾得实在太干净，太利落了——擦的亮锃锃的石台上，就在中央摆放着一个八寸大小，镶着木框的一个男人的全身黑白照片，他年轻英俊，两道浓眉，一双丹凤眼，头上戴顶小圆帽儿，穿的短褂里套着齐脚脖子的长衫，模样儒雅又有几分威严。照片儿前只放着一个红色香炉，再没有别的什么了。

那时，娘领着我去庙上串过门儿，但不管去串门儿的是谁，只要谁靠近放照片儿的石台，老奶奶都会很认真地招呼，生怕谁无意间碰到台上的照片儿。那时我不知道照片儿是谁，但我感到那照片儿对老奶奶挺重要。

有一次，娘领着我又去庙里串门儿，老奶奶拧着小脚儿，盛了一小碗儿新煮好的蚕豆叫我吃。

娘弯腰问我："吃不吃？"我摇摇头。

老奶奶又对我娘说："叫孩子拿过去吃吧，还热乎乎儿的。"

"你吃几个呀？"娘又问我。

"不！有臭脚巴丫儿的味儿。"我说。

我这么说，老奶奶没有丝毫不悦，还笑眯眯地说，孩子不想吃就不吃。

倒是我娘有些难堪，回家后说我："老奶奶好心好意叫你吃蚕豆，你不吃也罢，做啥说有臭脚巴丫的味儿啊。"

我嘴里还说："是闻的那味儿。"可心里也感到了当面那么说是有些不合适。

从那时起，我就有意躲着老奶奶，生怕她给我提起蚕豆的事儿。有一次，就在我家门口，还是跟老奶奶碰面了。她提着篮子卖煮蚕豆呢。

　　我本想扭头往家跑,老奶奶却叫住我:"小玉啊,你过来。"她把篮子放下,就势坐在土坡上,还拍着身边的地儿说,"来坐这儿,我给你唱个军歌听不?"

　　我从小就喜欢唱歌、听歌,更何况我还从没听过老奶奶唱歌儿呢,有点儿惊奇,一时把蚕豆的事儿也忘了,就在老奶奶的旁边坐下来说:"听!"

　　她清理一下嗓子,说:"我来给你唱一个啊。"我还下意识地靠她更近些坐下。

　　令我没想到的是,她真的唱了一支非常好听的军歌儿。歌词至今我还记得:"左权将军家住湖南醴陵县,他是中国共产党优秀党员,就在那年5月,日军来进攻,左权将军马前附近光荣地牺牲,左权将军牺牲为咱们老百姓,咱们老百姓团结起来给他报仇恨……"其曲调优美动听,老奶奶唱着唱着声音有些发抖,我看见她眼里流出了泪。

　　回家后,我跟娘说了这事儿,娘说她也听老奶奶唱过这军歌,老奶奶的丈夫是跟着左权将军的队伍打日本人的。在一次战斗中,她的丈夫也牺牲了,只给她留下那个木框镶着的相片儿,娘说,老奶奶的丈夫是结婚的当天跟几个年轻人一起参军打日本人的,八个月后他就牺牲了。之后的日子,老奶奶一直守着这张照片度日。

　　我长大后偶尔会想起老奶奶给我唱军歌时的情景,仿佛这才体会到当时老奶奶的心情,她内心积压着多少无处抒发和倾诉的情感啊!

　　后来我参加工作离开了家乡,也不知道那座庙具体是哪一年被拆的,只知道老奶奶住进了村里在村东头给她盖好的两间平房里，也不再卖煮蚕豆了。她是我们村最早的五保户（保吃，保住，保穿，保医，保葬），每月村里还给发几元零花钱。

六十多年过去了，老奶奶也早已离开了人世，可我还记得她。每当跟村里人提起时，大家也还亲切地称她庙里的老奶奶。

办成一件事不易

今天,我给原单位的办公室叫电话,是关于医保卡异地使用的事。

上午叫了两次电话,没人接。第三次叫通了。接电话的是位年轻女士,姓牛,是我退休后才去的。

她告诉我,管这项工作的小秦出去了,让我下午再叫电话。

说心里话,我是特别犯怵麻烦人的,尤其自己又不在原退休城市,请别人办事情,我总觉得说不出口。

大家都有自己的工作安排,冷不丁地叫去电话,说有什么事儿得给我办办,这往往会打乱人家的安排,或改变别人的节奏的。

当然,有些事所找的人也是他们分内的工作,可我毕竟退休后住在北京儿子处。一个电话叫过去,说不定要让办具体事的人忙半天,操心跑腿自不必说,有的事还受时间限制,不得不丢下手头正做的工作,而去办理我的事。想来也挺过意不去的。

可是,有时候没办法,还非办不可。就像今天我所办理的异地医保手续一事,它牵涉到好几个相关部门,得有几方单位填表,盖章,往返介绍,沟通情况,这是有关手续必须办理的,我能理解,有些不得不办理的,着实省不得。

这项工作,原来由我单位一位姓吴的老同志管,可他在我退休几年后也退休了。这才归小秦管,今天上午是她接管后我第一次给她叫电话，不巧她出去忙别的工作了。

下午的电话是小秦接的，她说话很客气，说："上午有事儿出去了，回来就听小牛说了。"

小秦问我是关于医保异地使用的事吧，我说正是此事。

小秦说："有关这方面的工作，才从老吴手中接管过来，正在整理、熟悉，有些程序还得去医保中心询问，咱们随时联系吧。"我表示理解。

我很体谅做具体工作者的难处，有些事需忙来忙去的几趟才能办妥，当中的具体环节不可能环环都顺当。当然，涉及本人时，谁都想利利落落地一下子办好，一旦遇上不太顺利的时候，都会心情不悦，甚至发发牢骚。

这事儿我有过，记得那时，大吴还没退休，因为我的社保手续问题，他通知我到本单位签字，拿份手续。我询问了些相关事项，从北京出发前我还特意给大吴又叫电话确认：来时只带身份证，来签字取手续便可当天回北京。我买了当日的往返火车票。

来后，顺利地找到大吴，便在他拿出的大本子上签了字，可是我要拿的手续，却找不到了。

大吴对我说："韩大夫，你得等几天，我找一找那份手续。"我心里一下子急了，忍不住说："那不可以，今儿返京的火车票我已经买好了。"

"哟，前些日子，这办公室被盗了，那份手续是不是给偷走了？"他这样说。

我说："不是你负责保管的吗？再说，贼要这些有什么用？"

"那谁知道"他不紧不慢地说，"当地退休人员的都上交，就差你的了。"

　　我给他提议,请他给社保中心联系一下,会不会跟居住在当地的退休人员的手续一起送走了?

　　他答应打电话问问,我便等着。

　　谢天谢地,还真的在那儿,大吴给了我手续的编号,我去了社保中心,顺利地拿到了手续,也按时当天返京了。

　　事后,我也在想,也许他快要退休了,多少有些分心,或者家里和本人有点儿什么烦心事儿,和临时有点儿头痛脑热的不舒服?这其中,万一有一样儿,也可能影响他的情绪和工作效率的。我这样想着,一切也就释然了。

　　其实,有的事真办起来可能就一句话或盖一个章,就几分钟的事儿,可要落到实处时,没准儿来来回回跑几趟,有时真跑的晕头转向。

　　也是我这个人太过简单,遇到复杂的事时,我自己先麻烦得一塌糊涂,办理我的医保卡,就是先从原单位拿材料,又到有关管理部门和其他相关的办公室一一说明情况,或看一眼有关材料再签字盖章,楼上楼下跑几趟,当然有时自己走错了路,上错了楼,这怨不得别人,只怪自己。

　　有一天,我叫电话询问小秦,她高兴地对我说:"韩大夫,您这手续差不多办妥了,只剩扫尾了。"我挺高兴,但我也想到扫尾,往往也得扫好几天呢。

　　其实,这也是我给自己先打个预防针,好有个思想准备,免得扫尾时间过长着急。

　　还真不错,这尾才扫了十天就扫完了。我还有点儿喜出望外。

　　当然,还须单位寄到我所住之处,我再从这里找相关单位分别找个二甲和三甲医院跟他们落实了,这就是我在北京就医的对口医院了。最后我把附件再寄回我的原单位,就算大功告成了!

一周后,小秦告诉我:"寄回的手续已经收到。"此事终算圆满完成,皆大欢喜。

只是我一高兴忘了给小秦致谢,在这里我补上——谢谢小秦,请别介意。

旅途花开

小花儿大惊喜

　　两年前，我家买了一盆铁兰花儿。

　　盛铁兰花的花盆儿是红色儿的，盆外面是细细的波浪状的花纹儿，挺小，边长约10厘米，可想而知，里头的铁兰花儿是多么的小了。可是，它的叶子绿油油的，挺茂盛。这盆儿铁兰一直放在我的书桌上，尽管我每天都看它，可由于缺乏仔细观察，对它的有些变化也没有及时发现。

　　可是有一天，我突然看见它的叶子有些发蔫儿了，下边的一层叶子竟然有好几片都耷拉下来。

　　我这才意识到，冬天来了，屋子里送了暖气，空气干燥使它缺水了。

　　说实在的，我对养花儿一点经验也没有，就凭自己的观察和感觉，它就像人渴了一样，必须补水。

　　看它长在那么小的盆中，那么一小株花儿，的确也用不了太多的水。我找了一个小小的喷壶，接了半壶凉水，用最小的喷洒档，把清水呈雾状洒在铁兰的叶子上。

　　一开始，我早晚各喷一次，几天后铁兰有了变化——原来干枯的叶子支棱了，颜色也显得青翠多了，叶面儿也滋润了。

　　凭着自己的感觉，我改成了每天喷水一次，继而又隔天喷一次，一直到三月中旬停止供暖时，我才开始每隔两三天再喷一次水。就这样，我坚持着。

突然有一天，我发现铁兰又有了新变化。在它长长的叶儿根部长出一个青青的小尖儿。不同于新长出的叶子的尖儿，顶端平一些，也厚实，质地也比新叶硬一些。有着一股蓬勃生机、势不可挡的劲头儿，我不知道它要长出个什么来，心里还挺期盼。

买这铁兰时，只说它红盆绿叶儿放在我书桌上，是做盆景一样，当个小小的点缀。真没想到，今天，莫非它能长出花儿来？我这么想着，且继续根据我的观察和感觉给它喷水。

又过了好几天，青青的小尖儿长成一个扁扁的紫红色的"箭头儿"，长八九厘米，宽约两厘米，边缘呈均匀的锯齿状，我又惊喜又纳闷儿——我不知道，这是花儿吗？我直管酌情喷水。

其实，是我知之甚少，问了养花的师傅，得知这紫红色的箭头儿不是花儿，而是开花儿的地方——会从锯齿间的缝隙处开花儿。好在稍洒清水还是对的。

又过了一段日子，果然从锯齿间长出个紫红色的小芽儿，啊！这就是花了吧！

我惊喜不已！

可是一个多月过去了，那小小芽儿却没有动静了。

大概也就这样了，不懂养花的我，能使铁兰长出个"箭头儿"已经不错了。我心里这么想着，还依然坚持给它洒水。

就在今年4月23号的早晨，铁兰箭头的那小芽儿突然开出一朵花来，是一种玫瑰紫色，与箭头儿的紫红色有些区别。花儿的颜色是那么鲜亮，艳丽，它是在没长骨朵儿没出花苞的情况下，猛然间开出一朵如此美丽的花儿来！

我欣喜地看着小小花盆里的铁兰，真没想到，它竟然给我带

来这么大的惊喜！

　　我不仅喜欢这花儿的美艳，还欣赏此花不声不响，不张扬的品格。

　　一周之后，它仍然在一夜间又开了一朵，我仔细地看了看其他锯齿间，还有好几个紫色小芽儿呢，没准儿哪一天就喷薄绽放了！我怀着欣喜和期待迎接着铁兰一朵儿两朵儿三朵儿和更多的花儿开。

　　在这之前，我真不知铁兰花还有个很好听的名字——凤梨花。它属凤梨科，这使我想起曾经看过的凤梨花的花语："一路单行，心无旁骛，行者无疆，从发芽到成长，再到灿烂地开花，即使方寸土地也要深入精髓。凤梨花，心中的花，理想的花，你是我存于心间的梦，你芬芳浪漫，完美无瑕。"

　　这凤梨花花语应该是写各种属凤梨科花的，今天我用来写给我家这棵铁兰（紫凤梨），以表达我对它的赞美。

一棵不知名字的小树

有一天，我发现在我家阳台上的花盆里，长出一棵我们全家人都没种植，也都不认识的植物。

哪来的？也都不知道。

可是它不在乎大家是否认识它，或是否知道它的来历，只管自由自在地生长着。

它那又直又壮实的主干充满生机，那椭圆形的绿叶儿厚墩墩，绿油油，还有那嫩绿嫩绿的枝儿，都长得挺旺。从主干的质地和颜色以及枝杈的模样看，它不是一株花草儿，越长越像一棵小树。

此时正值春节前，是冬季绿色植物休眠期，它能在这时长出，可见它的生命力是多么的顽强！

当然，我发现它之后，就把它搬进了有暖气的房间里。暖融融的房内，有一棵绿油油的它，无疑给冬日的家里添了一分春意。

我时不时地给它喷点儿水，还时常把它挪到阳光下照晒一阵儿。一个冬天过来，它越发长得枝繁叶茂，挺喜人。

我不免又想到它可能是鸟儿给我种的，鸟儿衔的种子掉到这儿了，或是鸟儿吃进种子没有消化，和粪便一起排泄的？

又那么巧？云到阳台上放着的一个花盆儿里，偌大的空间，怎么就落进这小花盆儿里呢？

春天来了，我所住小区院里的迎春花黄澄澄地开了，桃花也红了，柳枝也绿了，工人师傅开始行动美化小区的院子了：给才显绿的草坪洒水，把小石子儿摆进院里小溪中，下面还有能喷水的白色管道。小溪里淌满清亮亮的水，院里所缺失的花草，工人师傅也都补上。又栽了不少新树，它们沐着春风，都开始发芽了。

这时，我想到我家花盆里那棵不知名的小树，它也应该跟这里的树一起生长，而不该孤零零的独自长在小盆儿里，那儿不适合它。

我下楼找到正在忙碌的师傅，说明缘由，请他们帮忙把这棵小树移栽到院里的小溪旁。

他们欣然答应，很认真地用铁锹挖坑，把从盆里移出的小树放到树坑里，然后培土，浇水，大功告成。

感谢工人师傅。看见他们浇进树下的水很快渗了下去，也会很快浸到树根部，我仿佛看见小树一下子就滋润了，觉得这小树的根须很快就舒展开了，就像束缚了手脚的人被放开后，伸展着腰身和四肢一样舒坦，自由自在，无拘无束。

其实它是什么树，又从哪里来，这都不重要。重要的是它能够舒舒展展地生长在广阔肥沃的土壤里，能在万绿丛中有它自己的一片绿，这最好了。

自然赏我一棵树，我还自然一片绿，树满足，我满意，何乐而不为。

有关方向的趣事

在我们周围,助人为乐的好心人着实很多。

前些日子,国强身体不适住进安贞医院。我乘坐计程车去医院照顾他,他同室病友的爱人小张,听说我打的去的医院,就问我:"阿姨为何不坐十号线地铁呀?那又经济还不堵车,地铁站离这医院又近。"

"我不知道啊!"就问国强为什么没告诉我坐地铁的线路呢?

他说我方向感不好,坐地铁,进站口,出站口,上楼下楼不好找,打的省点事儿。我说我也太笨了吧,不会问呐。

当天回去时我就去乘地铁。小张热情地送我到地铁站,告诉我进哪个口,出哪个口,她都挺清楚。

这期间,我去女儿家住了几天,女儿家离安贞医院比我住的地方还近一些,只是地铁还不通,但是有公交车,我虽然不知道在哪儿乘公交,但安贞医院的门口就有一站,挺方便。

那天,女儿上午有课,我决定自己乘公交去安贞医院,女儿查了路线,给我画了简图。写好单儿给我带上,就这,我高低也没找到公交站,时间关系,这次我还是打的去了医院。

到医院我一说这事儿,小张说她知道那条线路。那天我回去时,小张跟我一起从安贞医院的门口上了407公交车,送我到花虎沟站后,又根据女儿的线路单给我指路,真的很感谢她。

　　第二次我说我能行了,小张送我在医院门口上了公交车,我站在车上,给小张挥手时,车开动了,我身体晃了一下,在我旁边坐着位老太太,大声说:"呦,你碰着我啦!"准确地说是我的腿侧面挨着了她的胳膊,还说了一句,"你没把我碰骨折吧?"

　　我心里激灵一下子:"啊!'碰瓷'儿吗?"但我还是平和地问她:"怎么样啊?没事儿吧?"她一边隔窗外望,一边说:"看着没啥事儿。我这儿正不认路哩。"

　　刚才真的吓我一跳,如果她执意叫我带她去医院看胳膊,我可耽误不起工夫。我一听她说不认路,倒有路遇知音的感觉,可此时也不知跟她说什么了,刚才想歪了(碰瓷儿)的事儿,也无需多想了,只一心想着自己别坐过了站。

　　那老太太先我两站下了公交,我说她慢点儿,她向我点头告别。

　　她一下车向右指指问我:那是东边儿不?

　　我想:你算问着了,我这儿还闷着呢。

　　我正要帮他问问司机师傅呢,车开了。

　　我上车时,小张说坐11站就该下车了,就是刚才心情紧张时,也一直听着报站呢。

　　花虎沟站到了。

　　可我一下车,却又迷失了方向,连上次看到过路天桥怎么也变了方向和位置?

　　我边走边问,问了七八个人,因为有几位说的方向不一致,我按照大多数人说的方向走,很快看到女儿小区楼顶上那像莲花一样的装饰物了。感谢那些热情帮我指路的人。

　　可我一走到小区跟前,反倒看不见楼顶上的那个标示物了。

见眼前路上有个长长的隔离带,我不知道需不需要走过它,只得去旁边一个小菜店问问,那儿卖菜卖瓜果的是位小伙子,我指着小区问:"请问,去那儿得过隔离带吗?"小伙子头也没抬,不耐烦地说:"那就看你了。"

这时有个老太太过来,想买他的东西。先问他苹果多少钱一斤,又问芹菜多少钱一把儿。其实这很正常,可这小伙子却生气地说:"你到底买什么呀?"

这老太太厉害,看了小伙子一眼,比他的声音大多了,说:"我到底什么都不买!"说着转身走了。

我心想,小伙子八成儿在家跟他媳妇儿吵架了。

其实,就算你在家生了气,也不该把这样的情绪带到外边来,不是和气生财嘛,如果做生意的连这个方向都迷失了,你怎么发财呀。

总有一片蓝天属于你

有不少事情,都给我留下过深刻、难忘的印象。

或许是美好,或许是难堪,每个人的一生中都会经历许多事,有教训,也有经验。

有时候,我会问自己,为什么有那么多美好的时光,包括哺育儿女们,有和童年时的儿女一起成长的岁月,还有与朋友们相处、相聚和交往,有时会觉得那些都一闪而过却永不复返。有太多的美好时光太多的友谊,总觉得它只是短暂地停留,仿佛瞬间便走得很远,就像它们毫不顾忌你的惋惜和眷恋。

多少人为此而难过,为此而感叹。

其实无需感叹,只有面对,只有坦然。美丽的东西往往很难久远,美丽的昙花只有一现。

不同人的思想,不同人的观点,其心境的差异与时间无关。

同样是一天,同样是一年,尽管时间一样长短,个人的经历、心境、获得和失去会有很大的差异,无论是平凡还是非凡。

当你独自漫步月下,或独自感受夜的安静时,会有诗情画意,或一真一幻之感,静静地凝望一处,想的很远很远……

但无论如何,昨天总是昨天,今天就是今天,还有明天。

昨天一去而不复返,关键是今天和明天。

如果一个人只生活在回忆中,那会很惨,因为有太多太多失去的东西，谁也无法还原。明白了这个道理，无法还原的便不还原，要知珍惜今日，还有充满希望的明天。

无论你的曾经如何，时间在流逝，一切都在改变，对于改变好的要接受，不好的也要坦然，包括曾经的友谊、友情和你的容颜。

世界很大很大，生活五彩斑斓，不要把目光只盯住一件事，就算你面临再重要的事，遇到再大的困难，那也是人生长河中的一滴滴，一点点，绝非你的全部。

要做的事总还有很多很多，只要你默默地用心做，脚踏实地地迈好每一步，就总会寻到属于你的那片蓝天。

五月槐花丽

今又一年五月天，亦值春暖花开时。

风轻轻，天蓝蓝，淡云飘过高空，我站在十楼的阳台上，看小区院里绿树成荫，溪水缓流，桃花刚开过，玉兰花又绽放。

那几棵树高冠大的洋槐树也开满了花朵。

它没有桃花那么鲜艳，也没有玉兰花朵大，它的花白亮亮，稠密密，一串串儿，一排排，拥着，挤着，花朵小巧，俏丽而素雅。

在我老家的村里，也有不少洋槐树。都知道它的学名儿叫刺槐，顾名思义，它的枝上长有刺儿。

据《中国大百科全书》记载，刺槐原产于北美洲，公元1601年就引入欧洲，公元1877年后引入我国。清代乾隆十三年（1748年）的《涿县志》《高阳县志》《怀安县志》都有引进刺槐的记载。

由于刺槐树对生长环境、培植条件要求不高，在我国华北、西北、东北南部的广大地区都有栽培。

小时候不知道刺槐的来历和习性，只知道五月到来时，提篮采摘槐花。还特别好奇地仔细观察过它的花朵儿，它是四瓣花，两两对着开，往往会有两瓣儿开得展，有两瓣儿合拢着，其中有一瓣环抱着中间的花蕊，那模样，既小巧玲珑又娇羞含蓄。那一朵朵槐花儿，就像一个个含羞带怯的少女，使我想到"犹抱琵琶半遮面"的诗句。

槐花有着浓郁芬芳的甜香味儿，花开时便引来蜂蝶采花，有诗云："春风拂醒槐花梦，蝶飞蜂舞花丛间。"

槐花蜜还是上乘的滋养品，它不仅质地浓稠、透明且不易结晶，还有甜而不腻的口感。

洋槐花不仅是上好的蜜源，还有一定的药用价值，具有消炎、消肿、降血压的功效，中医认为洋槐花性凉，可清热，有凉血止血等作用。

洋槐花还可以食用，从树上摘下的槐花洗干净后可生吃，或掺到面里烙饼，包包子，槐花配鸡蛋炒着吃，或蒸成窝头蘸蒜吃，吃起来微甜稍糯，口感绝非一般。

如此看来，洋槐花可是药食同源的好物件儿。

当然，洋槐花更可以美化环境，供人欣赏。我从阳台上向院子里望去，这几树的洋槐花光鲜亮丽，出类拔萃。它使整个小区都倍加灿烂鲜亮。

我站在高高的楼台上，未闻槐花语，但嗅槐花香，树下有人漫步走，槐花飞处读书人。微风沐，阳光新，勃勃生机多情趣，众人同赏槐花丽。

旅途花开

思

（一）楼台晨思

太阳刚刚升起，轻风中，我站在自家楼台上向院子里俯视，院里活动的人们较前些日子明显多起来了。

春来了！

大家都换上了轻便的春装，散步，做操，练箭，打太极，不仅强身健体，也能自娱自乐。

近处草坪上有一群欢快的小鸟儿，有的在低头觅食，有的在蹦蹦跳跳，任院里的人在它们附近晨练，甚至有人从它们旁边走过，鸟儿依然从容淡定，还旁若无人地叽叽喳喳着相互对话歌唱，一副无忧无虑，自在又逍遥的模样。

我无从探索它们之间的关系：朋友？兄弟姐妹？伴侣或父子或母子？或者是巢穴相近的邻居？但它们相处和睦，相安无事，总是快快乐乐地在一起。

它们行动自然，来去随意，悠悠然，好像在告诉人们：大家生活在同一片蓝天下，就应该其乐融融，幸福地生活。由此状，我感到了人类的进步。

千万别以为鸟儿没有思维，没有洞察力，其实它们有自己的感觉，随时能意识到人类对它们的态度：是欢迎还是讨厌。

它们觅食于旷野或草原，栖息于房顶或树枝，它们同类间或各种动物间也跟我们人与人、家与家、国与国一样，劳动着，生活着，享受着各自的幸福和快乐！大家抬头不见低头见，相互不伤害，都平平安安、勤勤恳恳地建设自己的家园，岂不美哉！

想到这里，我不禁心生感慨，联想到共同生活在同一个地球村的世界人民，如果都能像这群小鸟一样相依相融，谁也不伤害谁，世界上再也没有了战争，那是多么和美的事啊！

作为地球村中普通的一份子，我热爱和平，反对战争，希望能有一天，世界归于大同。让所有的人都像那群鸟儿一样相安相融，和平共处，在各自美丽的家园，安居乐业，同享大自然赐予的阳光，雨露。像我们的前辈费孝通老先生总结的十六字箴言那样："各美其美，美人之美，美美与共，天下大同。"

（二）角度的魅力

蓝蓝的天空，有几朵白云，它轻轻地游动，仿佛在悠闲地玩耍。

我站在十楼阳台的护栏里仰望、平视或俯瞰，不论怎么看、看哪里都觉得豁亮、开阔，心中也会有一股洋洋的喜气。

小区的院子，我走出走进不知道已经多少次了，树下，溪旁的小路上不知走过多少趟，仿佛都没有站在阳台上看时的这种清晰。

无论是枝繁叶茂的高树，还是低处的花红草绿，走在其间和站在阳台，总会有感觉上的差异。

站在阳台上，有时会觉得一种莫名的超然或沉静，往往能令我遐想，叫我回忆。或回到童年，或来到故里，或默然沉思，或静享一种无声的张扬，心驰十万八千里。

　　有时我也感到有点儿纳闷，平日里时常走来走去的自家居住的院落，怎么在楼台上看会变得这么优美更清晰呢？就连那条普通的小溪，也悄然添了几分画意。

　　风中婆娑的树叶，更加显得勃勃生机，各种不同的树都昂首挺拔、充满活力，就像精力充沛的年轻人，威武，俏丽，神采奕奕。

　　即使在冰天雪地的冬日，站在楼台上，也能领略到新奇：在那处于养精蓄锐的树上，偶尔飞来一只小鸟落在枝头，自顾自地唱一曲，就又飞走了。或看到晶莹剔透的雪花银蝶般飞舞着，然后无声无息地落在院子里，会让我感受到大自然的卓绝与魅力，带给我一番别致的氛围，或一番开阔的思绪，除了平日感觉不到的美，也能带来意外的惊喜。

　　为什么呀？

　　我想来想去才觉得是角度的魅力，同样的景，同样的物，当你站到一个适当的高度时，你会发现平日发现不了的美妙和情趣。

忆 雪

独自站在楼台，猛然间发现一个变化：院子里的树树冠小了，地上落着片片金叶。

啊！秋已尽，冬来了。

我喜欢冬天，因为冬天下雪，我爱雪天。

多少次，在下雪的时候，我一个人走在雪中，任飞雪飘洒落到我的头上、脸上和脖颈里，带给我丝丝凉凉的惊喜。在雪中走的时候，我静听脚下的踏雪声，停下时，仰望茫茫飞雪，又到处银装素裹，周围静悄悄的。只有雪中的一个我，或沉思或遐想，有时乐在心中，有时悲亦在心中，只默然与雪交流着，无语也无声。

鹅毛大雪乱纷纷飘飞时，那气势就像千军万马在奔腾，有一种形容不出的淋漓尽致的意境。

仔细再看每一朵雪花时，那美丽的身姿虽落无定处，却带给人们一抹醉心的静，她随遇而安，或化水渗入土壤里，或成水汽蒸发至云朵中。

冬天一到，我便向往雪的来临，我愿意在洋洋洒洒的飞雪中，寻找那遥远的曾经，我寄雪于深情，愿她风吹不去，阳光下不融。

曾经的雪天里，我走在家乡的空落落的谷场边，看光秃秃的树枝上，只有一两片树叶，高高地挂在树梢，伴着飘雪迎风舞动。

夜里，雪停天晴时，会有白茫茫的积雪，跟晴空中皎洁的明

月遥相辉映。

　　我漫步在镶雪的家乡的小路上，蹦蹦跳跳回家去。已经是遥远的曾经，在下学的路上，雪已融成冰，尽管北风呼啸，我身上却出了汗，脸色又红润，布棉鞋湿透了，可我一点儿也没觉得冷。

　　那时，家中的晚上只点一盏小小的油灯，灯头儿像枣核一样大小，那也是能照亮儿的灯。

　　我坐在灶台前的油灯下写作业，是毛草纸的本子，用小楷毛笔蘸着墨盒里的墨汁，写歪了，撕掉一张，又写扭了，又撕一张，再写，直写到自己满意才行。

　　我饿了，娘给我烧块高粱面的锅饼，从我家的腌菜缸里捞出一块儿咸萝卜，就着吃了再写。

　　娘说："院里又开始飞雪花了。"我看见了雪花从门缝悄悄钻进屋来，那时屋子里没有取暖的设施，所以沿着门缝处有一溜儿雪在地上，我听见窗户上糊的纸被风吹得发出呼啦呼啦声，写字的手真的挺凉，挺冷。但我还会跑到院里去看雪，我喜欢雪夜的景。

　　今日，我静静地站在楼台。

　　默默地想象着雪的轻柔和雪花的晶莹。雪，来去无声，仿佛让人忽略了她在高空那银蝶般的美丽身影。也少有人仔细观察和关注她最终是怎样魔术般消融的。她跟某些高调做事低调做人者是同一类型，我欣赏这种品性。

　　每当我独自，哪怕仅仅是忆雪时，也会感到有一种超然和纯洁的意境，使我安静，甜美。甜美的犹如回到了儿时的无忧无虑之中。

　　今又秋尽冬来时，我欲请雪至，愿再独自走在飞雪里，沉浸在一片美妙的雪景中。

诸物皆有情

（一）我家有张小木桌

我家有张小木桌，柞木的。宽二尺余，长三尺多，四条腿粗粗短短，不足两尺高。

它式样平平，质地一般，看上去敦敦实实，普通得很，可它在我的心目中却不一般。

首先它是我家购买最早的一件家具，才买来时我还曾向同事夸耀过："我家买了个新木桌。"一转眼已经是40年了，可这张小木桌还在我家存放着。

之所以保存着它，不是因为它多么好看，多么宝贵，而是因为小木桌的故事多，功劳大。

那时，我们在这张木桌上吃饭喝水，家里来了亲戚朋友也都围坐在小木桌周围说话聊天，招待他们在木桌上喝水、吃饭。

随着时间的推移，它的作用更大了。我的三个孩子从上小学、初中、高中，直到他们上大学，还有读研究生的，假期的家庭作业都是在这张小木桌上完成的。可以说，它见证了我三个孩子的整个学生时代。

在这张小木桌上，不知道留下我孩子的多少快乐，多少欢笑，多少斗嘴，多少吵闹，还有困倦、汗水和解不开题的烦恼。

小木桌，接纳包容着一切，它任劳任怨，不急也不躁，应急帮了很多忙，仨孩子都知道，小木桌知道，我也知道。

俩儿子上小学的一天，我先把早饭摆放到小木桌上，二儿子红儿看着小木桌抹眼泪说："小木桌上没地方了。"哭着说："我还有一张'a'没有写呢！"我赶快把早饭挪开，腾出小木桌，让红儿在上面写好那张"a"，然后便接着在上面吃饭。

小木桌的利用率如此之高，无论上面摆放什么物儿，任凭谁随便把它挪来搬去，还有时，他们三兄妹在小桌前争论激烈时，免不了对小木桌拍拍打打，它仍然是四腿牢站，纹丝不动。

我们因工作调动，无论从县城到市里，之后从市里到省城，几次搬家，我都搬运着这张小木桌，尽管我们早已不再用它，可直到今天，仍然在一处存放着。

小木桌面上的一圈圈、一条条的木纹，就像是台录音机录像机，记录着我们家太多的生活内容和故事，承载着我们家年复一年的经历，记录着三个孩子成长过程中的点点滴滴。

这张小木桌，可能没有金银财宝那么值钱，也远没有现代家具那么时尚，可它在我心目中却是一件很有分量，也很珍贵的物件。

小木桌是我们家最忠实的好朋友，老朋友。

每当我坐在木桌前，总是默默的，仿佛和它在无声地交流，此时，会想起我三个孩子的儿时，会想起他们三兄妹在小木桌前所经历的太多太多的趣事，会想起那些年我们都还不富裕。

我说不清这是感叹，还是怀旧，是眷恋还是怀念？只是那些逝去的岁月和曾经给我家出过大力，帮过大忙，还曾经给我家添过光彩的小木桌，带着它的业绩和我的记忆，一并留在我的心里。

而今,别说我的两个儿子,就连排行最小的女儿也过了我买小木桌时的年龄了。而这张小木桌,依然被存放着,依然木色光亮,木纹清晰,仿佛在对我说,虽然它没有长大,也难说变老,可岁月流逝,情谊永存,也都留在它原有的年轮和木纹里。

我家的小木桌啊,我要说给你,你是我家大大的功臣,是我家和我三个孩子的最好帮手。我的三个孩子都已经大学毕业,分别获得了硕士、学士和博士学位。小木桌,你功不可没!我代表全家谢谢你。

(二) 我家的小猫咪

1982年,我从大名县城调到邯郸市时,有位学生送给我一只一岁多的小花猫,它长尾巴,黄白相间的横条状皮毛,毛色光亮润泽,绒绒的,非常可爱,我们全家人都喜欢它,给它取名叫咪咪。

平日里,我们全家分别上班上学,咪咪自己在家。我下班回来,只要听见我在门外拿钥匙开门,它就在门里喵喵地叫,我一开门它便兴奋不已,热烈地迎接我,在我双脚前跑来跑去,叫我"寸步难行"。这时,我多半会把它抱起来,轻轻地拍拍它,它就走开了。有时天晚了,我必须忙着去做饭,顾不得逗它,它仿佛受到了冷落,反倒像它做错了什么事儿一样,自己静静地卧在墙根儿处,低着头,不吭声也不动,只是不时地睁眼看看我。

我若从它身边走过,它只是默默地看着我。这时候,我即使没时间抱它,也会过去,轻轻地摸摸它的小脑袋,它便满足地长腿拓脚地卧到那儿,表示它已得到了安慰,就像刚刚给它洗过澡那样,舒舒服服地趴着闭起眼睛。

我曾经见过有文献报道,猫咪有13条秘密呢。其中它们之间

是用鼻子问候，猫咪在一周大时，就会发出喵呜声，比起睡觉，猫咪更喜欢打盹儿。当不经意的目光相对时，猫咪的眼睛会眨巴和眯起来等等。

其中有几条我从没听说过。科学家们到现在还不能解释猫咪的喵呜声是怎么发出来的。另一条是猫咪和狗一样会因为吃巧克力而生病死亡。还有猫咪的脉搏每分钟跳 160 到 240 次呢，猫咪越低龄心跳就越快。再有就是猫咪不怕热，因为它的原始祖先最初生活在沙漠中。

但我听说过老虎跟猫学本领的传说：老虎的捕食、奔跑等本领都是猫教给它们的。有一天，老虎觉得自己把猫的本领都学到手了，便心生歹意，想吃掉猫，这时猫把唯一没教给老虎的本领使出来了——爬树。老虎一见猫迅速地爬到高树上去了，便傻眼了。当然这只是个传说，并不是说教人时要留一手，而是说做人要厚道。

其实猫的本领也是练出来的，如果长时间不练，恐怕它也不会了。那只小花猫跟我们住了 12 年多，我从没见过它爬树，估计它也不会爬了。

1991 年开始，我发现已有十岁的小猫有些衰老的迹象，动作不那么敏捷了。又过了两年，它走路已明显迟缓，体力也不支了——原本在一张小床上给它铺了一条小褥子，它总是前腿一跳，后腿一跃，很轻松地就上床了，在小褥子上很享受地趴着或打盹儿或喵呜地叫着。慢慢的，它上不去床了，有好几次，它的前爪好不容易抓住床边儿，可挣扎几下，等不及谁去帮它，就从床边儿掉下来了。

我只好把床上的小褥子拿下来铺到了地上。我上班之前，把它吃的食喝的水放到褥子旁边，可我发现它的食量在一天天减小。尽管我剁好它原来最爱吃的猪肝、猪肺，还冲了奶粉，分别放在盘儿里和小碗儿里。如果是原来，它会全部一扫而光的，可到后来，它竟然毫无胃口，甚至连看都不去看了。我问了别的养猫有经验的人，说是猫老了，猫的寿命一般在 13 到 15 岁。

1995 年秋日的一天中午，我下班回家，猫咪竟毫无反应地侧躺在小褥子上，给它的吃的喝的原封没动。我紧走几步，蹲在它跟前叫它咪咪咪咪！它仍然一点儿动静都没有，这时我发现它的身体有些僵硬，已完全没有了呼吸。算来它已 14 岁多了。

我拿了一条拆洗干净的小褥子给猫咪换上，轻轻地把它的尸体包裹好，连同盘里的猫食和碗，以及碗里冲好的奶粉一并放进了一个长方形的纸箱子里，让我家先生国强用自行车带到有花有草有树有水的沁河河畔埋了它。

从此，我再也不养任何宠物了。

旅途花开

心中有盏灯

已是五月。

我们小区院儿里的桃花已谢,长出青青的顶着尖儿像枣核儿一样的果儿,挺多、挺稠,满枝都是。

看到这些,我就想:桃树一定很快乐。

它看看自己枝头上富有生机的小果儿,一定会像我们看到自己心爱的婴儿一样幸福。

且不说如今城乡欣欣向荣带给人们的快乐,就是在我小的时候,生活即使不太富裕,也有很多快乐,比方:春采槐花夏摘瓜,秋烤红薯,冬爆玉米花。

还有不少好玩儿的,也让小孩子快乐。那时我们农村没有电,可每个月的十四、十五、十六的晴夜——大明月亮地儿,孩子们做各种各样的游戏,有时大人也参与:捉迷藏,丢手绢儿,蹦方,跳绳儿,碰拐,等等。玩具多半儿是分文不花地就地取材,一片瓦,一根绳儿,有时啥也不用,就赤手空拳只跑来跑去,照样儿玩儿的热热闹闹,快快乐乐。

要是在春暖花开的季节,提个小篮儿,拿把小铲儿,去田间铲草。迎着和煦的春风,遥望碧绿的田野,自由自在地唱着农家的歌谣,走在通向田间的小路上很快乐!

铲草,如果意外地看见一株野生的桃树,杏树,那就更加春风得意,喜出望外了,而且一定会把果树移回家。这也是我对童年时期,其中一个快乐的回忆,今天,我又在回忆中再度享受快乐。

回首间才有所感悟:人往往在年轻的时候对很多事情都不懂,在回味和回忆中才常会想,有些事当时的理解和处理,我怎么会用那样的态度和方式?又一想:也许那样的态度和方式是当时自己最乐意去做的呢。

其实人生就这么微妙,我也曾听不少人感慨:年轻真好,年轻人最快乐!可往往在年轻时又不觉得,都是在步入中老年后才这么觉得。应该说,快乐最是当下好。

无论是年少或年老,包括中青年时期,上养老下养小,还要忙碌地工作,其实都有快乐相伴着,只是自己不知道或者快乐被某些情绪掩盖了,或者对快乐的关注度没有对别的什么关注度高,实际上,无论人生的哪个阶段,快乐才是主调。

我听到不少老年人好说,青春已不在,仿佛一切美好都失去了,不知道快乐哪儿去了。

老者应有老者的境界,少者应有少者的风貌。老不为老而沮丧,或倚老卖老,年少也不以年少而草率、浮躁,或者只想些生活中的不悦和困扰,那样会让快乐悄然溜掉。

好像人人都会这么说,却很难人人做得到。但至少希望自己在人生的每个阶段都能坦然面对一切,尽量做到像时间老人那样,心有定力,沉稳,平静,总能不慌不忙,走好自己的分分秒秒,那样就会体会到快乐是生活的主调。

生活中的快乐有很多:天伦之乐,助人为乐,自娱自乐,知足常乐,等等。

在不同年龄又会有不同的快乐，快乐是自身内心的一种感觉。

儿童时，有了好吃的，好玩儿的，或能跟几个小朋友开开心心地一起玩儿，都是一种快乐。

少年时，开始上小学了，学习优秀老师表扬时，也是一种快乐。文体有专长爱好，球打得好，歌唱得好，有同学缘也快乐。

青年时期，逐渐有了自己的朋友圈子，其中有几个情投意合，或有着共同爱好的朋友，能有互相欣赏的同性或异性的同学，大家互相学习，互相交谈。还有你的追求、努力能得到父母的理解、认可和支持，然后考上了自己称心的大学等等，这都是难得的快乐。

中年时，有个理想的工作，有满意的收入，独立自主，事业有成，也有了自己幸福美满的家庭，父母健在，领着爱人和孩子回家时，还能有父母为你忙碌，这都是令人快乐的事。

到了老年，儿女们有了自己幸福的家庭，儿女的儿女都平安健康，茁壮成长，这都是老年人最欣慰、最快乐的事。

一个人成年后，无论在哪个年龄段，都不要有太多的放不下，某种程度上讲，快乐就是一种心态，一种思维方式，一种境界，简单的心态更容易快乐，一生能与快乐相随相伴的人是健康的，幸福的，是永远年轻的，即使老了心态也是年轻的。

一个身心健康的人，一定要善于发现和学会享受快乐。享受自身的快乐，分享亲人和朋友的快乐，也让亲人和朋友分享你的快乐。

每个人的一辈子，总会遇到一些不够快乐和不顺心的事。只要用乐观的心态去面对，那些不顺心，不快乐的事也会逐渐地被快乐所取代。

人在快乐的时候，心胸就会宽广，眼界就会开阔，也会更自信，有了难题，即使暂时没有解决，你也会乐观地想：难题总比不上解决难题的办法多。

在快乐中行走的人，就像在美景中轻松漫步。

快乐就像糖，有了它，你就有了甜。

快乐还是一种包容，一种释然，拥有快乐的人能为人生旅途增添一道美丽的风景，给天空增一道绚丽的彩虹。因为一个快乐的人，内心是强大的，任何时候总是：天在头顶，地在脚下，路在前方。

这儿建个公园真好

在我所住小区的南门外,原来是一片空地。

曾听小区的人们议论,这片地不会留着盖饭店吧?那样咱可闻油烟味儿了!

没过多长时间,人们发现空地那儿有了动静:平土,铲地,开始动工了——不是盖饭店,而是修建一个街心公园。

进度很快,植树,栽花,这边修筑一条小路,那边修几个台阶,树下一个小广场,花圃旁有个喷水管,挺紧凑。

公园总面积不算大,可带给人们的感觉挺好。

两年一过,这里的花草树木蓬蓬勃勃地长起来了,树绿草青,花朵鲜艳,从这里吹出的风都透着清新,居住在公园周围的人们无不称赞这里气息怡人。

公园里有杨树、槐树、银杏树,稍矮一点的有塔状松树、樱花树,再矮一点儿的是圆蓬蓬的黄洋球和万年青,再矮的便是开着黄花的金针和开着各种颜色的月季花,它们都长在绿油油的草地间,真乃万绿丛中多色彩。

无论春暖花开时,还是炎热盛夏日,公园里都是花儿吐芬芳,片片显光艳。

据说,这片地方原来有座九龙山,也许是因为这个缘故,街心公园北侧临路修了一个非常惹眼的景物——一条巨龙。龙的四周用亮晶晶的金属围一个十八九平方米的方框，中央用水泥制成大朵大朵的浪花，浪花上盘旋着那条巨大的龙。龙的全身是用不锈钢制成的，嘴里含着一颗比足球还大些发着光亮的珠子，被20颗上牙和15颗下牙钳着，齿间都露着闪闪发光的珠体，珠子很牢靠，可看起来又仿佛能转动。

嘴边儿有手指粗细的长长的龙须，龙须支棱着翘在龙眼的双侧，那圆圆的眼球像两个小馒头，龙身两边尖尖的大爪张开着，龙尾则顺着龙爪向后向上卷三圈儿后又高高耸立，整个大龙威武雄壮，栩栩如生。静卧中既安详又沉静，彰显出巨龙即将腾飞的气势。

无论远看近赏，静中有动，动中有静，活灵活现的一条巨龙，给这美丽的小公园平添了生机和几分意境。

清晨，公园里不少人在遛弯散步，晚上有不少人在跳舞做操，大家用各种方式活动四肢，强身健体。

凡来这儿的人，和从这里路过的人，都不禁驻足观望，连连称赞：这里建个公园，真好！

葡萄酒节有感

今天,在离我家不远的家乐福四楼开始举办"春季葡萄酒节",举办方很下工夫,提前布置了展会场所、座位,为客人提供品尝的葡萄酒。

听说附近住着的外国朋友也去了不少,多是三三两两结伴而至的,一家人悠闲自得。听着气氛就不错,我便决定去现场看看。

我家先生国强1965年大学毕业,在校学的就是发酵制酒,且毕业后又长时间在这个领域工作,尽管现在早已退休,可他对这项事业感情颇深。去酒节现场参观,他表现得自然积极,叫上我和儿子晓红一同前往。

一进酒节场地,国强就给儿子说起他曾经在杏花村酒厂实习以及酿酒的过程。

场上的服务人员很机灵,一见有人如此兴致勃勃地讲述制酒,便主动递酒过来,请他品尝。

国强接过酒杯很专业地,轻轻地摇了摇,又低头仔细闻酒,再慢慢地小口品尝,看他那认真劲儿,就像在评酒会上评酒那样用心,真不愧是省级评酒员。

我们走过一个个摆满酒瓶的架子,看着这么多形状各异的包装瓶,真正开了眼界:有法国的,美国的,澳大利亚的,意大利的,智利的……

客人们来来往往,服务员热情周到。

他们不时过来或讲解,或递酒让大家尽兴品尝,还不失时机地介绍某酒的产地、口感、色泽、气味及其独有的特点。如此场景,就连我这个不会喝酒的人也被感动了,从而了解到各种口味的葡萄酒的不同制造工艺、选料,包括酿酒的地点、温度、时间等,都会对酒的风味的形成带来影响。

从前,国强也曾经讲过酒的相关工艺,只是从没有面对着如此多的葡萄酒听讲解,我不仅了解到有关葡萄酒的知识,也感受到了"酒文化"三个字。

葡萄酒的讲究程度远比我想象中高,像法国的波尔多、阿尔萨斯、罗纳河谷等地的葡萄酒,从储存方法、适宜温度和正确摆放,还要静置在无任何异味儿的地方,并应注意避光等等。

我这才知道,为何自古就有那么多写葡萄酒的文字了,如王翰的《凉州词》中写道:"葡萄美酒夜光杯,欲饮琵琶马上催。"李欣的《塞下曲》中的:"帐下饮葡萄,平生寸心是。"鲍防的《杂感》:"汉家海内承平久,万国戎王皆稽首。天马常衔苜蓿花,胡人岁献葡萄酒。"

我小的时候对葡萄酒没任何概念,在老家我所见过的喝酒场合,都是过年过节或谁家有红白喜事才喝酒,喝的也都是白酒。在我的印象中,几乎每场酒席都要醉倒两个人才好,讲究的是一醉方休。农村的父老乡亲喝酒都很热情,端起酒杯,甚至用小碗儿,大声给对方说:"来,碰仨!"

"好!"双方都连饮三杯。对方又举杯:"再喝仨!"又都一饮而尽……如此推杯碰盏不知重复几遍,直喝得有人连说:"不中了,你看脸都红了。"

那边还说:"咋的?不给面啊!"

"不能再喝了。"

一再说不能再喝了,还得"热情"地劝。

那时我就不理解,有时还会生气地鸣不平:干什么呀,人家不想喝,为啥还让喝呀?

随着社会的进步,现在已经很少有人这样"热情"地劝酒了。

平日亲戚朋友相聚,喝几杯酒是件开心助兴的事儿,让大家随意而饮,量力而行,适可而止,既喝得高兴又不伤害身体为最好。

无论白酒、啤酒还是葡萄酒,只有适时适量地饮,才能真正饮出酒的美味,品出酒的历史和酒的文化。

一个寻常的吆喝声

中午时,有个响亮的声音从小区外传来——"磨剪子戗菜刀!"

这喊声虽然寻常,却令我觉得新年要到了。

在我们老家不过年的时候也常常有磨剪子戗菜刀的,而城市里平日则很少,只到年根儿他们才来。

如今的吆喝声比原来响亮了很多,会传得很远,他们用的是能扩音的手持小喇叭。

下午三点我去学校接孙子,走在小区门口,看见花池旁有人排队,走近一看都是等着磨剪子戗菜刀的。

以往我所见的磨剪刀的师傅都是五六十岁的中老年人,今天在那里的却是一个二十来岁的小伙子。

他留着时尚的发型,高高的鼻梁上架着一副红框近视镜儿,白皙的脸庞略显清瘦,正值腊月天,就算晴天太阳下,他穿的也显单薄,可是由于埋头用力干活儿,他的额头上还渗着汗呢。

他上穿一件蓝色牛仔夹克,内有高领黑色薄毛衣,下穿棕色布裤,这时我才惊讶地发现,他的右裤腿是空扎着的裤管。

我不知道这小伙子经历了什么,是什么样的遭遇使他不幸地失去了右腿,又经过何等的纠结和磨砺,克服了多少困难,才走向今天的自食其力。

我这样想着,不自觉地站定了脚步,又见他旁边停放着一辆

旧电动车，车把上挂着一个掉了漆的灰色的手持喇叭，车上放一件蓝色羽绒服，一副用旧了的木制双拐靠在羽绒服上。

小伙子一直都那么投入地磨剪子，无论放下、拿起或更换剪刀都是自己做，包括盛磨刀水的小桶儿，也是他自己用木拐挑起，自己拿过来。有位中年妇女主动要帮他，他很客气地说："谢谢阿姨，我能行。"他那掷地有声的话语令我很感动。

我忍不住对他说："小伙子，歇会儿吧。"他头也没抬，只管干活儿，一边说："不累，没事儿。"声音里充满了乐观。

有位胖胖的老太太扭脸儿对我说："这孩子，到这会儿还没吃中午饭呢。我给他拿来两个自己蒸的大包子，他也不吃。"

小伙子一边朝刀上撩水，一边说："谢谢阿姨，我自己带着馒头和水呢，是顾不得吃喝。"他用湿漉漉的手推了一下眼镜儿接着说，"一会儿还得赶到苹果社区呢，都跟那儿约好了。"说着仍"嗻楞嗻楞"地磨着刀。

他干活儿的动作熟练、麻利，包括拿水桶都那么轻巧稳当，动作连贯，不显得任何的迟疑和缓慢。

从他表现出的自立自强的精神，我相信，在场的所有人都已感受到了他内心的强大。

记心语

我习惯写日记，更享受闲暇时翻阅日记的那种沉静和忆想，有时甚至会很奇怪地觉得：这是我写的吗？我写的句子有这么流利吗？（笑）

此一时彼一时，在各种不同的心情下，环境里，是会写出不同氛围的文字和话语的。

不论日记中写些什么，我都很爱惜，哪怕有时只写成一篇流水账，那也是记下的一段真实心情，真实经历。

日记是自己的心语，包括对生活中某一问题的看法、态度、思考和分析。有时也有自己心与口、口与心的对话、讨论和争议，有时写自己心灵的告白、灵魂的袒露，或安静，或思索，或困惑，或质疑，有时也有自我内心的剖析。

其实每个人的心里都会有自己不想或不愿说的秘密，可又不愿闷在心里，那就以笔为嘴，以纸为倾诉的知己，哪怕是一吐为快地写到日记里。

日记无所谓写长写短，写悲写喜，只写自己的真情实感，表达的是真实的自己。日记中有时也记下某一个场景和对某场景、某事物的感触、体会和分析，以及这些过程中所发生的各种"花絮"。

这些貌似不起眼的记载，一旦经历了岁月的磨砺，会变得很

美，很奇，甚至精彩得不可思议。或有意境，或有情趣，有些会觉得近在咫尺，也有的会感到遥不可及，但无论是近是远，仿佛都被岁月涂上了一抹诗意。

你可以把这些连接起来，就像把一颗颗珠儿串在了一起，她即使不是名贵的珍珠，却也成了一个神奇的物件——很美丽。

你可以不给任何人展示，但可以自己默默地欣赏和回味，把她当成自己的心爱之物藏在心里。

球　迷

所谓"球迷",应该是非常喜欢球类的那一族。

同样是喜欢,可在球队输与赢的面前,也会有不一样的表现,有时候甚至不知道用什么态度去表达对球的迷和对球队、球员的爱。

为此还可能产生争执。有时因对不同球队的支持和喜爱,相互争论激烈,甚至还有人大打出手,这实在不应该!

我也爱看足球赛,但我从没有去过足球场,只是电视播放时在家看。

记得1997年的一个周末,闲暇去看一位同事。恰巧那天有中国队跟卡塔尔队的一场足球赛,由中央一台直播,赶上和同事一起观看球赛,也是件很惬意的事。

两队队员正在行见面礼时,同事的先生风风火火地回来了。说在单位已吃过晚饭,就赶回来看球赛,省得回家吃饭耽误事儿。看来他比我俩更"球迷"。

但我曾听同事说过她先生,往往是兴高采烈地来看,之后便愤愤然地离开——他只能看他喜欢的队赢,而不能看其输。

我心里想,这次可能不会,看他来时的兴致那么高,他妻子的同事我又在这儿,无论谁输谁赢,都不至于大声小气地发脾气吧。

他进门儿时见我在这儿也挺客气地打招呼,还给我端了杯水,

然后就坐在旁边的凳子上看起来。

我的同事，预防性地对他说："咱要文明看球，不许张牙舞爪地嚷嚷——比赛总是有输有赢。"他只盯着电视，肯定是听见了，就是不回应。当看到中国队进一球时，他还挺平静。

当1:1结束上半场时，虽然还抱有中国队能再进二球的希望，可还是沉着脸，说："哼！最后一分钟，还让人家进一球！"

他在凳子上站起来坐下，又站起来，朝我这儿看了一下，稍稍克制地说："你看看中国队进一个球就傻了，傻了！弄不好还得让人家进球。"

我同事看了看我，像在说：你看开始瞎吵吵了吧。

我低声对同事说："一会儿踢精彩喽，他就不吵了。"可是不一会儿，还真叫他说中了，卡塔尔真的又踢进一个球，他便不顾及地提高了声音说："看见了没！咋样儿？又让人家进一球！"正在他急呼呼地发脾气时，卡塔尔再下一城，场上的比分一比三，中国队落后俩球。

这时他实在坐不住了，气冲冲地走过来，从他妻子身旁一把抓起遥控器"咔嚓"把电视机关了，并勃然大怒，愤然走出房门，边走边说："这！可彻底完了，咱出线连一点儿指望都没了！"走到房门口，又大声喊一句，"今后我再也不看中国队的足球了"！说完扬长而去。

我的同事对我说："真是不好意思。"

我笑了笑说："他正在气头上呢。"

"这几天还一直吵着换台新电视呢，他还说，电视听歌烦，看戏困，说就好看足球，你……"同事正说到这儿，房门哐的一声又开了，她先生火气未消地红涨着脸说："早该把教练戚务生换掉了。"

他妻子说:"换不换教练咱也不当家,你再急赤白脸地嚷嚷也不顶事,再说人家戚务生也不容易,承受多大的压力呀!他比咱们谁都更想……"

她丈夫打断她的话,雷霆大发:"国家给他多少工资啊?他就该带领球队踢好,他,占着茅坑不拉屎,哼!……"说着红脖子杠脸地瞅着他妻子,好像他妻子是戚务生似的。

同事苦笑,不无歉意地看看我,扭脸儿白了她丈夫一眼,说:"不看就不看,电视机也甭想换了。"

他们夫妇都噘嘴胖腮地不吭声,我有些尴尬,便借故告辞。

周一上班后,同事来找我,笑模悠悠地说:"实在不好意思,好不容易有机会一起看一次球赛,结果……也没看好。"

"嗨"!我笑着问,"我在那儿是不是影响你们的正常'发挥'了?我走之后,你们是偃旗息鼓了,还是争执的更'尽兴了'?"

"你一走,我一句也不搭理他,早早就睡了,第二天一早我打开电视看新闻,他站在门帘儿外偷听,得知中国队后来又进了一球,他的心情缓和了些,可是在门外边儿还在说2:3顶啥事儿,也是个输啊,就算踢平也不一定能出线,更甭说输了!他说他的,我没搭理他。"

她说得挺轻松,我听后也一起乐了。

"黑车"坐不得

明天，4月4日清明节。

我回老家给父母扫墓，原计划今天从北京坐火车到邯郸市住一夜，以便更从容地买些物品，明天一早带着所购物品从邯郸乘车直接去父母的墓地。这也跟弟弟提前商定好了。

有时候就是计划赶不上变化。就在去邯郸的火车上，接到我弟弟的电话，说今年的清明节特殊，恰巧是阴历的三月三，传说中这一天是王母娘娘的生日，不能上坟，必须在清明节之前——那只有今天下午了——还要在太阳不落山的时候去扫墓。弟弟说，村里人都这么说，也都这么做。

听后，我笑了笑，却也无语，可转念一想倒也无妨，因为早就有早清明，晚十月一（古历十月初一也是上坟节）之说，就是说清明节是可以提前一天或几天扫墓的，今天下午太阳落山之前赶到，既能入乡随俗，也不失传统观念。所以便临时改变行程，直接去给父母扫墓，也跟弟弟他们约好了，太阳落山之前，在我家村东头相聚。

临时更改，略显匆忙，一下火车就先到街上置办上坟带的供品，接下来便是找辆出租车。

也不知是因为清明节打车的人多，还是有别的原因，我东找西找就是找不到一辆出租车，太阳已经偏西了，我只好找到在火车站做清洁工的一位老乡请她帮忙找找车，过了一会儿，她走过来说叫来了一辆车。

当时已下午四点了,见果然来了一辆车,我也没多想,讲好价钱,便尽快上车,驶向通往我家乡的路……

市里的街道上车、人都很多,我乘的车也开不快,我很理解,可后来驶出市里上了公路,车依然开得很慢,司机师傅是位40多岁的中年人,他倒稳当,从上了他的车就几乎没听他说过话,我不好意思催他,只是像自言自语地说:"天是不早了,还得太阳落山前赶到墓地呢。"就听司机师傅说:"这……这……这……"连说了好几个"这",也不知道他到底要说什么话,啊——很快我明白了,师傅是个结巴,知道这是一种语言障碍,我绝没有丝毫笑话他的意思,只是他的车速实在太慢,我时而隔车窗向外张望,时而看着夕阳渐渐西下,免不了面有难色,这时司机师傅像对我说,又像自言自语:"这……这儿……这儿……限速……"我不禁愣了一下,心想,车速也不过四十迈,还限速,还要开多慢啊?

就这样,在我心中暗自着急,而司机却依然稳稳地行驶中,终于到了我家村东头,此时只差三分钟便是六点。我弟弟见我从车上下来,便过来问:"姐,咋才到哇?"我也没吭声,只是苦笑了一下,心想可不才到,一小时的路程行驶了两小时……

我按事先说好的价钱,付了车费,礼节性站在那儿等他清点钱,没想到还等来师傅一句安慰话:"不……不……不算……多晚……"我无语。

还好,等我们祭拜过父母,给父母扫过墓之后,太阳才全部落下山,这时的夜幕才渐渐降临……

回家的路上,我们坐在侄儿开的车里,侄儿不无歉意地说:"今儿单位有事儿,也没抽出时间到火车站去接姑姑。"我说以往的出租车也不像今天这么难找啊。弟弟也疑惑地问:不是四点就

坐上车了吗？

我便把路上车行的情况说了一遍，弟弟和侄儿一致断定，刚才那辆一准儿是黑车，八成儿不是路上限速，而是他车况不佳，根本跑不快吧。

这时我才想起，曾经在一个资料上看到过关于黑车情况的介绍，与正规运营车辆相比，黑车主要存在四大危害。一是严重影响道路交通秩序和安全。黑车司机没有受过从业资格培训，缺乏安全服务意识，甚至漠视交通法规，有时为了躲避检查，闯红灯、逆向行驶等危险违法行为也屡见不鲜，以至于引发重大安全事故。二是车辆安全性能得不到保障。为最大限度降低上路成本，黑车司机经常私下购买未经合格检查的二手车，甚至是报废车，车辆安全性能差，车容车况不佳，存在着很大的交通隐患。三是乘客人身安全难以得到保障。黑车司机身份复杂，素质参差不齐，所以对乘客也有恶意加价的。四是乘客合法权益没有保障。黑车没有固定的检测机构，没有购买营运车辆意外险，他们不会为乘客承担意外伤害保障，一旦发生问题，他们多数人会选择现场逃逸，想方设法逃脱责任追究。所以，乘客往往找不到事主，以至于投诉无门，乘客自身合法权益便受到了侵害。

我静静地想着这些，心里好生后怕，也算是侥幸中的庆幸吧。也是，我只考虑赶时间，有点儿寒不择衣，而考虑不周，没有问清情况，更没注意到车没顶灯，"嗨，忙中出错"。

我对弟弟和侄儿说："今天坐这黑车没有发生交通事故，已经是阿弥陀佛了。"

我们都后怕地说，如果途中真的出了事故，那麻烦可就大了。

所以说，"黑车"乘坐不得啊。

给大家提个醒儿

多少天来，我们也没有出过远门儿。

今天一个酷热难当的日子，气温达37℃，我们却必须出门办点儿事。

清晨，气温还不高，当我和国强上午十点到了石家庄时，真感到了夏日的温度，在大街上，只走了一会儿，已大汗淋漓。

我们争取尽快办理妥要办的事儿，好回宾馆歇息，明天下午五点返回北京，返程票也已经买好了。

在去酒店的计程车上，司机师傅说："给你们开稍大点儿空调，天儿太热。"他还关切地说，"你们选今儿出门——受罪。"

"办点儿事，明天下午就回。"

"嗨，明儿天更热，预报的气温40℃嘞。"

"呵，好在要办的事儿也用不了多长时间。"

就近吃了午饭，便先回酒店安顿下。

本着赶早不赶晚的原则，抓紧时间按计划完成了大部分要办的事儿，还有一点小事儿，明天早饭后从从容容地办理一下，下午也不用赶太紧，就能宽宽松松的早一点儿到车站，乘车回北京。

果然，第二天更热，不仅热得我们头昏脑涨，办事的过程中还遇上点儿小意外。

这个小意外，真给我们带来不大不小的麻烦。

吃过早饭，我们不慌不忙带着行李箱从酒店房间出来，我跟国强一起去大厅结账。酒店一位高高瘦瘦的服务员走过来，热情地帮我们拿箱子，并问已结完账的我们用不用帮着叫辆计程车，我和国强都说那当然好了，谢谢酒店服务这么周到，免得我们大热天儿的在街上等车。

叫来的计程车很快开到了酒店门口，服务员帮我们把行李箱放到计程车后备箱，我们随即道谢上车，告别酒店朝我们要去的小区驶去。正值上午十点钟，太阳毒花花地照着大地。

从槐中路的酒店到东岗路的神兴小区也没多远，约半个小时就到了。我们车刚停下，就有一男一女两个年轻人跑过来要乘这辆车，这对于两个要乘车的年轻人和司机，包括我和国强都是挺乐意的事儿——一想乘车走的两年轻人及时坐上了车，司机师傅来来回回有钱进账，我们也被平安送到目的地，可谓皆大欢喜。

一下车就像一下子跳进蒸笼一样热，国强让我先往小区走，别站在太阳下晒，他后边儿结账带箱子。

我先于国强进的家门，可国强进来却两手空空，我问："咱的行李箱呢？"

国强一愣，惊慌地说："呀，坏事儿！忘到出租车的后备箱了。"他有些惊慌失措，"这下完了。下午甭想回北京了。"

是啊，我的车票，特别是身份证都在箱子里头呢。

"你问司机要票了吗？"我问国强。

"真忘了要呢。"他说。

着急的心情可想而知，急的国强立马肚子疼了，疼得腰也直不起来，估计是紧张的肠胃痉挛吧，但他还坚持自己打电话报110，110说让打车管处。车管处叫通了，人家问出租车的车牌号是多少,司机叫什么,我们却都不知道,什么信息也没有,光说一辆出租车,岂不是大海捞针。

这时我突然想起是酒店给叫的车,而出酒店时,起杆儿出了故障,是用人工撑起的,那儿应该有摄像头。

给酒店打了电话,提供给他们以上信息。

这一招儿挺灵,他们很快调出录像,便查找到了那辆计程车的车牌号。随即联系车管处,车管处很快找到了这辆车的司机,并把司机师傅的手机号告诉了我们。知道了司机师傅的手机号码,国强的肚子也不疼了,我们都舒了口气。

很快,我们跟司机师傅联系上了。他得知我们下午还要赶火车回北京,就对我们说,会尽快把行李箱送来的。果然不到一小时,他从离我们这儿不算近的地方赶来了。

为了表示感谢,我们要多给师傅点车费,师傅执意不多收,就只收了空车跑来的这段路费,我们也抓紧时间把要办的一点儿事儿办好了。

下午我们也按时赶往火车站,准时登上回京的列车。

在此,除了感谢出租车司机师傅,也对省会石家庄的相关部门的配合相助,表示谢意,不然也不知热火朝天地奔波几天才能回京呢。

借此也给大家提个醒儿,以防万一:乘坐出租车时,一定记着和司机师傅要张票据呦。

 旅途花开

瞬 间

  所有的时间,都是由一个个瞬间所组成。可是大多数的瞬间都被融入分分秒秒或更长的岁月中。

  只是说不定什么时候,有一个瞬间与众不同地迸发出来。虽然这个时间极短,却令人难忘:或惊讶,或惊喜,或会有什么很不同的感觉,如众里寻他千百度,蓦然回首,那人却在灯火阑珊处。此感觉无需说什么,只凭你自己去感受,去思索——首先,这种感觉是最真的。

  就在那短短的一刹那间闪现的情感,来不及掩饰或修饰,它往往会给人们的心灵带来很大的触动,甚至会对平日里有印象的人或物的表象,产生一些深入的思考。

  有时在那瞬间的突现中会令你顿然明白一些道理和事情,甚至能改变原来的认识:或是人与人间缩短了距离,多了分亲切,或是彼此产生隔膜,有些疏离,有时仿佛能在瞬间有一种莫名的清醒或顿悟,甚至可能作用到影响自己曾有的想法和决定,且不论它的对与错,或许是那瞬间带来的一种想法或冲动。

  有时的瞬间,会给人带来不少过后的联想和思考。或使自己茅塞顿开,或烦恼,或快乐。

  但无论是伤感,思索,烦恼,还是快乐,都应理智地接纳,调整,使之适应自己的日常生活,因为瞬间所反映出的感觉都没

有错,都是最真实的——对待真实的态度,只有诚恳接受,坦然面对。

瞬间带来的开心,你尽管开心。瞬间带来的不开心,你也无需不悦,你要勇于接受,敢于面对,你难过还是伤悲,它也依旧存在。更何况生活中还会有太多太多欢欣快乐的瞬间,随时都会出现,说不定哪一个瞬间,就像一盏灯,能照亮你今后行走的路。

所以还是要感谢能带给人们丰富多彩的人生况味的美妙瞬间呢。